Un destin obsédant

Les Fiancés Molotov : tome 2

Anna Zaires

♠ Mozaika Publications ♠

Dépôt légal © 2024 Anna Zaires et Dima Zales
www.annazaires.com/book-series/francais/

Publié par Mozaika Publications, une marque de Mozaika LLC.
www.mozaikallc.com

Couverture par Alex McLaughlin

Photographie par Regina Wamba
www.reginawamba.com

Traduction : Laure Valentin

e-ISBN : 978-1-63142-931-6
ISBN imprimé : 978-1-63142-933-0

PROLOGUE

ALEXEI

25 ans plus tôt, Moscou

E t c'est à ce moment-là que le jeune prince vit la belle princesse.

— ... Maman interrompt sa lecture et je remue, mal à l'aise, le postérieur douloureux et endolori après les coups de ceintures de Papa. Elle me regarde et se redresse un peu contre les oreillers empilés. Son ventre gros comme une montagne remue avec elle, aussi immense que la tour dans le livre qu'elle est en train de lire.

Il est si gros que même moi, je tiendrais peut-être dedans, alors que j'ai déjà cinq ans. Ou bien mon petit frère, Ruslan. Il n'a que trois ans.

— Tu veux que j'arrête de lire pour pouvoir aller jouer ? propose Maman d'une voix douce.

Je pose la main sur son gros ventre dans l'espoir de

sentir ma petite sœur donner un coup de pied. Elle fait ça souvent, ces derniers temps.

— Non, continue, dis-je en me blottissant un peu plus contre elle.

Elle est *alitée* depuis une éternité, depuis que ma petite sœur a rampé sur son estomac et l'a rendue malade. Parce que je suis grand, je me souviens d'une époque où tout était différent, où Maman nous baignait et jouait avec nous. Ruslan ne s'en souvient pas. Il croit que ça a toujours été comme ça, que Maman a toujours été ce monticule immobile capable de nous embrasser et de nous lire des livres, mais pas grand-chose de plus.

Maman sourit et passe son bras doux autour de moi tout en tournant la page.

— OK, mon chéri, continuons.

Sa voix prend cette cadence dramatique que j'adore.

— La princesse vivait dans une tour entourée par des dragons. Son père, le roi, l'avait enfermée ici parce que c'était quelqu'un de mauvais. Il se moquait que la princesse soit malheureuse, toute seule là-haut, et quand le prince vint lui demander sa main en mariage, le roi refusa. Il dit…

Je l'interromps abruptement :

— Pourquoi il a refusé ?

J'ai déjà posé cette question – Maman m'a lu cette histoire plusieurs fois – mais je veux quand même entendre sa réponse.

— Et pourquoi il n'était pas gentil ?

Ce que je veux vraiment savoir, c'est si le roi

utilisait sa ceinture pour punir la princesse, comme le fait Papa avec Ruslan et moi. Mais cette question risque de perturber Maman, et son médecin dit qu'elle ne doit pas être perturbée, ou elle mourra. C'est pour ça que je ne lui ai pas dit que Papa m'avait puni aujourd'hui, pour avoir cassé le vieux vase chinois dans le salon. Elle n'aime pas quand Papa utilise sa ceinture, et elle n'aime pas non plus quand je ne suis pas sage. Ce n'était vraiment pas ma faute, cette fois, mais je ne peux pas lui dire ça sans que Papa découvre la vérité. C'est Ruslan qui a cassé le vase, mais quand Papa nous a demandé qui était le responsable de sa grosse voix effrayante, mon frère s'est mis à pleurer et j'ai dit que c'était moi.

Je suis plus grand et plus fort, les coups de ceinture ne me font pas aussi mal.

— Le roi a refusé parce qu'il ne pensait pas que le jeune prince était assez bien pour sa fille, explique Maman, me faisant la même réponse que d'habitude. Pour ce qui est de savoir pourquoi le roi n'était pas gentil, eh bien, mon chéri… certains hommes sont juste mauvais. Ils naissent comme ça.

Comme Papa.

J'ai envie de le dire, mais ça risque de perturber Maman. Elle n'aime pas quand quelqu'un dit du mal de lui. Je le sais parce qu'elle a viré Kristen, notre nounou américaine, pour avoir traité Papa d'*abusif*. Je ne sais pas ce que ça veut dire, mais ce doit être négatif, parce que ça faisait plaisir à Maman que Kristen nous apprenne l'anglais. Maintenant, Ruslan et moi n'avons plus personne avec qui parler anglais, mis à part mes soldats de plomb, et ils ne le parlent pas mieux que moi.

— Prêt à continuer ? demande Maman, et je hoche la tête avec enthousiasme.

C'est mon histoire préférée et même si j'en connais chaque mot et que j'ai appris à la lire tout seul, je préfère quand c'est Maman qui la raconte.

Avec un soupir, elle continue sa lecture.

— Il dit : *Tu n'es pas digne de ma fille. Si tu veux vraiment sa main en mariage, tu dois d'abord tuer tous les dragons autour de sa tour.* Le roi savait que le jeune prince en serait incapable. Il y avait plusieurs douzaines de dragons...

Elle s'interrompt brusquement et je la sens se raidir.

Inquiet, je me redresse pour la regarder.

— Maman ?

Elle prend une grande inspiration et la relâche lentement.

— Je vais bien. Tout va bien. Viens par ici.

Elle tapote la couverture et quand je suis blotti contre elle, elle continue.

— Il y avait plusieurs douzaines de dragons, plus effrayants les uns que les autres, et seul le plus brave et le plus fort des hommes pourrait les affronter... et même *lui* finirait par perdre.

— Mais le jeune prince n'a pas perdu, lancé-je, surexcité.

Je sais où va l'histoire, et ça me donne envie de sauter partout sur le lit. Mais je me retiens. Le médecin a dit que si je secouais trop Maman, elle mourrait, tout comme ma petite sœur.

Maman se raidit encore et quand elle reprend la parole, sa voix semble différente. Elle est tendue, comme si elle avait du mal à faire la grosse commission.

— Non, il n'a pas perdu. Ça lui a pris des années, mais il...

Elle grogne et tente de se redresser contre les oreillers.

— Mon chéri, s'il te plaît, va chercher... aaah !

Je m'écarte d'un bond, les yeux fixés sur elle. Ses yeux sont fermés, son visage d'un blanc verdâtre, grimaçant, et elle a une main serrée sur son ventre gonflé. Soudain, je me sens comme quand Papa se met en colère contre moi : nauséeux et tremblant.

— Maman ? l'appelé-je d'une voix plus aiguë. Maman, tu vas mourir ?

Elle serre les dents et ouvre les yeux.

— Non, non mon chéri, répond-elle d'une voix toujours étrange, tendue. Va chercher Papa, s'il te plaît. Je crois... je crois que le moment est venu.

Je me dirige vers le bord du lit, mais la couverture s'emmêle autour de mes pieds et me ralentit. Je tire dessus, agacé, et la retire en partie du ventre de Maman. Ma main touche quelque chose d'humide. *Beurk. Elle s'est fait pipi dessus.* Sauf que quand je lève ma paume, elle est rouge. Comme du sang. Je saute du lit, le cœur frétillant comme un papillon de nuit dans une jarre, qui bat des ailes avec panique.

Papa. Je dois aller chercher Papa.

Maman pousse un autre cri et je jette un regard paniqué par-dessus mon épaule tout en courant vers la porte. Elle a encore une main pressée sur son ventre, le visage déformé par la douleur.

Ne meurs pas, Maman. Ne meurs pas, s'il te plaît.

Je sors de la chambre en trombe et traverse le couloir, appelant Papa à pleins poumons. Des sanglots menacent de s'échapper de ma gorge, mais je les ravale, parce que Papa me punit quand je pleure. Il me punit aussi quand j'entre dans son bureau sans frapper, alors je cogne du poing contre la porte close, ignorant les vagues de douleur que cela provoque dans mon bras.

Je ne pense qu'à une chose : Maman est peut-être en train de mourir.

— Pas maintenant ! Je suis occupé ! lance Papa d'une voix bourrue, irritée.

En temps normal, ça suffirait à me convaincre de m'esquiver et de revenir le voir une autre fois, mais ça ne peut pas attendre.

— C'est Maman ! hurlé-je en cognant plus fort. Elle m'a dit de venir te chercher. Son lit est mouillé et rouge !

La porte s'ouvre si vite que je perds l'équilibre et tombe en avant. À l'intérieur du bureau, il y a Papa et une femme blonde que je ne connais pas. Elle est nue et penchée en travers du bureau. Sa peau pâle est zébrée de marques roses, comme celles qu'il me fait quand il me donne des coups de ceinture.

L'espace d'une seconde, je ne peux que la dévisager,

étalé par terre. Papa l'a punie, c'est évident, mais pourquoi ? Qui est-elle ? Pourquoi est-elle nue ? Quand il me donne des coups de ceinture, il le fait à travers mes habits. Et puis, pourquoi la braguette de Papa est-elle ouverte ?

Puis je me souviens de Maman et la panique me submerge de plus belle. Je bondis sur mes pieds pendant que Papa pousse un juron et remonte sa braguette. Puis il me pousse devant lui et se précipite dans le couloir en direction de la chambre.

Je lance un dernier regard rapide à la femme nue – elle s'est redressée et son visage est tout rouge – puis je cours après Papa. J'arrive dans la chambre juste au moment où il soulève Maman du lit. Ses yeux sont fermés et elle a les deux mains serrées sur son gros ventre, comme si elle avait peur qu'il tombe. Sur le lit, cette couleur rouge affreuse a imbibé une plus grande partie de la couverture, ainsi que le bas de sa chemise de nuit blanche.

— Maman ?

Elle répond par un gémissement. Papa m'ignore et la porte hors de la chambre tout en appelant notre chauffeur d'une voix forte.

Je m'élance après eux. Mon cœur se prend encore pour un papillon de nuit et j'ai du mal à respirer. Les sanglots s'accumulent dans ma gorge et m'étouffent.

Ne pleure pas. Papa n'aime pas quand tu pleures.

Maman pousse une plainte atroce. Papa pousse un juron et accélère le pas. Quelques secondes plus tard, il a passé la porte sans même prendre la peine d'enfiler sa veste. Je cours dans le couloir à sa suite, mais il disparaît déjà dans l'ascenseur.

La dernière chose que je vois avant que les portes se referment, c'est le visage gris-vert de Maman, tordu de douleur tandis qu'elle hurle sans s'arrêter.

————

MAMAN NE RENTRE PAS À LA MAISON CETTE NUIT-LÀ. Papa non plus. Je reste couché dans mon lit en forme de voiture de course et je lis l'histoire de la princesse encore et encore.

Jeannette, notre nouvelle nounou française, vient vérifier que je vais bien, mais avant qu'elle passe la tête dans la chambre, j'éteins ma lampe, remonte ma couverture sur ma tête et fais semblant de dormir. Elle referme doucement la porte et s'éloigne sur la pointe des pieds.

Dès qu'elle est partie, je rallume la lampe et reprends ma lecture. C'est mon histoire préférée, parce qu'à la fin, le jeune prince tue tous les dragons. Ça lui prend plusieurs années, mais il remporte la main de la belle princesse en mariage et surtout, son amour.

Un jour, je rencontrerai une belle princesse, moi aussi, et quand je le ferai, je n'aurai de cesse tant que je n'aurai pas tué tous les dragons qui nous séparent.

Je m'endors en sanglotant, mais Papa n'est pas là pour me voir, alors il ne peut pas me punir. Le lendemain matin, Ruslan grimpe dans mon lit et me demande où est Maman. Je lui réponds qu'elle est morte. Je sais ce qu'est la mort, parce que quand j'étais à peine plus âgé que Ruslan, Papa m'a amené dans une ferme et m'a obligé à tuer un poulet. Je lui ai tranché la gorge avec un couteau pendant qu'il caquetait et battait des ailes pour s'enfuir. Il y avait beaucoup de rouge, cette fois-là – du sang, comme sur le lit de Maman – et le poulet a cessé de bouger. On l'a fait cuire et on l'a mangé.

Je ne pense pas que Papa va faire cuire et manger Maman, mais je crois qu'elle est comme ce poulet, maintenant, immobile et sans vie, avec une flaque de sang rouge autour d'elle. Papa m'a prévenu que ça pourrait arriver quand ma petite sœur sortirait de son ventre, et avant d'aller au lit hier, j'ai entendu Jeannette parler de ce qu'il s'était passé avec notre cuisinière – une histoire de rupture du placenta, que Maman avait perdu trop de sang pendant la césarienne d'urgence et que le bébé devrait rester à l'hôpital jusqu'à ce que les funérailles soient passées.

J'explique tout ça à Ruslan et il se met à pleurer. J'ai envie de pleurer aussi, mais je ravale les sanglots brûlants qui me remontent dans la gorge. Je prends le livre, l'ouvre à la première page et me mets à faire la lecture à mon frère. J'essaie de prendre la même voix que Maman, même elle n'arrête pas de se briser.

Ruslan finit par arrêter de pleurer et s'endort, mais je continue de lire, bougeant les lèvres sans un son, articulant les mots familiers. Je lis jusqu'à ce que la sensation étouffante et brûlante dans ma gorge se dissipe, jusqu'à ce que les cris de Maman aient cessé de résonner dans mes oreilles. Jusqu'à ce que cette image d'elle, aussi immobile et sans vie qu'un poulet, soit remplacée par l'illustration du livre – le dessin de la belle princesse aux cheveux noirs.

Une princesse dont j'emporterai l'amour, un jour, quoi qu'il en coûte.

CHAPITRE 1

ALINA

Pour la deuxième fois d'affilée, je me réveille face à un soleil étincelant et au son des vagues de la mer. Mais cette fois, je sais exactement où je suis : sur le yacht d'Alexei, quelque part au milieu de l'océan. Lequel, je ne sais pas, mais maintenant que mes pensées se sont éclaircies, je peux le deviner. Le domaine sur la montagne de mon frère, où Alexei est venu me chercher il y a deux jours, se situe en Idaho, à l'ouest des États-Unis, alors à moins que mon ravisseur m'ait fait traverser tout le continent nord-américain pendant que j'étais droguée, il y a de fortes chances pour que ce soit le Pacifique.

Je tourne la tête avec prudence. Je suis seule dans le lit, même si l'oreiller à côté de moi est encore creusé par la tête d'Alexei et que son parfum s'attarde sur les draps. Une odeur de pin et une pointe de cuir, superposée à la saveur salée de la mer et à autre chose de très masculin et de spécifique à lui.

Une odeur qui m'est désormais intimement familière.

Une chaleur se répand dans mon corps quand les souvenirs d'hier affluent dans ma tête. Je me redresse d'un bond, la couverture serrée contre ma poitrine nue. Je grimace aussitôt. J'ai mal à l'intérieur des cuisses, comme si j'avais tenté de faire de la gymnastique au niveau olympique, et je suis endolorie au niveau de mon intimité. D'instinct, je me touche la tête. Mes cheveux sont encore humides après la douche de la veille au soir. Alexei ne m'a pas laissé le temps de me sécher avant de me ramener dans le lit, où il a enveloppé son corps large et musclé autour de moi et s'est aussitôt endormi. Je me suis retrouvée les yeux fixés vers les ténèbres, hébétée, trop fatiguée pour digérer l'horreur de ses intentions, mais trop agitée pour m'endormir.

Au moins, il ne m'a pas baisée pour la quatrième fois, hier soir. Je dois au moins m'estimer heureuse pour ça.

Je sors du lit avec prudence, enfile une robe de chambre et me rends dans la salle de bains. Mon pouls bat la chamade, la torpeur d'hier soir s'est totalement dissipée. Sur pilote automatique, j'entame ma routine matinale – je me douche, me brosse les dents, me sèche les cheveux et applique mon maquillage – tout du long, je ne pense qu'à ce que m'a dit mon ravisseur hier soir.

Un enfant. Voilà ce qu'il attend de moi. Un enfant pour remplacer celui que mon frère a pris à sa famille – Slava, le garçon que Nikolai a engendré sans le savoir avec Ksenia, la sœur récemment décédée d'Alexei. Hier soir, il m'a baisée trois fois sans préservatif, et il a l'intention de recommencer encore et encore, jusqu'à réussir à me lier à lui avec une chaîne plus indestructible que n'importe quel contrat : un lien de sang.

C'est un plan cruel, machiavélique – et c'était tout à fait ce à quoi j'aurais dû m'attendre venant d'un homme comme Alexei Leonov, qui a manipulé mon père pour le pousser à arranger nos fiançailles quand j'avais à peine quinze ans.

C'est une autre révélation qu'il m'a apprise hier soir. Alexei était le seul responsable pour ce contrat médiéval, et pas nos parents, comme je l'ai cru pendant toutes ces années. Il n'était pas la victime de l'avarice de nos pères et de leur désir de former cette alliance ultime, un garçon de dix-neuf ans qui s'était contenté de respecter les souhaits de sa famille. Oh, non. Il a toujours été la tête pensante derrière ce plan, le marionnettiste qui tirait toutes les ficelles. Si mon père avait refusé ces fiançailles, Alexei m'aurait volée à ma famille et gardée enfermée comme une princesse dans une tour jusqu'à ce que je sois *assez âgée*.

Son obsession pour moi va bien au-delà de tout ce que j'aurais pu imaginer, et je suis certaine qu'il a l'intention de tenir sa promesse et de me faire un enfant de force. Après tout, ce type a tué tous les garçons et tous les hommes qui ont osé me regarder.

Quand j'ai terminé ma routine, le visage qui me renvoie mon reflet dans le miroir est calme et posé. Le maquillage dissimule le plus gros des irritations provoquées par sa barbe le long de ma mâchoire et de mon cou. Mes lèvres sont encore gonflées sous l'effet des baisers brutaux d'Alexei, mais une fois que j'ai appliqué mon rouge à lèvres écarlate habituel, c'est comme si un chirurgien talentueux les avait botoxées.

Je semble à nouveau moi-même, même si mon corps ressemble à celui d'une inconnue.

Je m'attends à moitié à ce qu'Alexei soit dans la chambre à m'attendre, comme hier, mais la pièce est déserte quand je ressors. Extrêmement soulagée, je me précipite vers le placard et m'habille, enfilant l'une des nombreuses robes de soirée de marque que mon ravisseur s'est procurées pour moi. Il y a aussi des tenues plus décontractées et confortables – des shorts, des T-shirts, des robes d'été en coton doux… mais je n'ai aucune intention de me mettre à l'aise ici, avec lui.

J'enfile une paire d'escarpins à lanières pour compléter ma tenue, et puis… je ne sais pas quoi faire. Est-ce que je reste dans la cabine et attends qu'il apparaisse ? Ou est-ce que je sors pour hâter l'inévitable confrontation ?

Mon estomac prend la décision pour moi en émettant un grognement bruyant. Je ne sais pas du tout quelle heure il est, mais mon dernier repas – quelques bouchées du copieux festin préparé pour nous par Vika, la cuisinière d'Alexei – date d'hier, bien avant que le soleil se couche. Était-ce le déjeuner ? Un dîner en avance ? Aucune idée, mais mon corps est convaincu de mourir de faim. Je sens déjà arriver la migraine, la pression grandit et serre mes tempes dans un étau familier. Bien sûr, dans mon cas, c'est plus probablement dû au stress qu'à la faim, malgré tout, un bon petit déjeuner ne me ferait pas de mal.

Quand je sors de la cabine et me dirige vers l'escalier, je me rends compte que je pense à la nourriture pour m'empêcher de m'attarder sur la douleur froide et creuse dans mon ventre, celle que je ressens chaque fois que je m'imagine enchaînée à Alexei à vie.

Non, ce n'est pas la faim qui creuse mes entrailles.

C'est la peur.

La peur et l'angoisse, superposées à un désespoir grandissant.

J'ai passé une décennie à fuir mon destin, espérant lui échapper, mais il m'a rattrapée. *Alexei* m'a rattrapée – et je n'ai plus aucune chance de m'enfuir. Je suis sur un bateau au milieu de l'océan avec un monstre qui s'est donné pour objectif de s'emparer de moi... et il a réussi.

Arrête ça. Pense à la nourriture. À rien d'autre.

Le soleil m'aveugle quand je sors sur le pont. C'est une belle journée, chaude, avec une petite brise. Après la tempête d'hier, l'air semble plus léger, plus frais. Le ciel est à nouveau dégagé et d'un bleu étincelant.

Il n'y a personne sur le pont, ni où que ce soit en vue. Je suis à la fois déçue et soulagée. La confrontation pour laquelle je me préparais mentalement a été repoussée.

Mon estomac se remet à gargouiller, exigeant d'être nourri, mais je l'ignore. Je suis à peu près sûre que la cuisine se situe au niveau de l'avant du bateau, mais je ne suis pas encore prête à m'y rendre. Au lieu de ça, je me dirige vers le bastingage et regarde au loin, tentant de déterminer s'il y a bien quelque chose ou si mon imagination me joue des tours.

Si j'aperçois le moindre de signe de terre, je plongerai dans l'eau, tant pis pour les requins et mes talents de nageuse médiocres. Mais il n'y a rien. Juste une eau bleue qui s'étend jusqu'à l'horizon. Ce que j'ai cru voir devait n'être qu'un reflet du soleil sur l'eau. Je reste quand même contre le bastingage, à observer en souhaitant…

— Qu'est-ce que tu fous, putain ?

La voix grave de mon ravisseur est basse et furieuse, il enfonce les doigts dans mon épaule et me fait me retourner vers lui. Je suis si surprise que mon talon gauche se replie sous moi et pour la deuxième fois de ma vie, Alexei Leonov m'empêche de tomber – sûrement par-dessus bord, cette fois – en m'attrapant les deux bras.

La respiration creuse, je lève les yeux vers son visage sombre et tempétueux. Un feu perfide s'embrase dans mes veines et se répand jusqu'au creux de moi. Il me fusille du regard, ses yeux presque noirs sont plissés en deux fentes et je ne pense qu'à ce qu'il m'a fait hier, ce sublime mélange de douleur et d'extase qu'il a arraché à mon corps, encore et encore.

— Tu allais sauter ? demande-t-il du même ton dur.

Il serre douloureusement mes bras et je comprends ce qu'il a cru quand il m'a vue… ce qu'il a craint.

Ce n'est pas une peur totalement infondée. Il y a six ans, durant les mois sombres qui ont suivi la mort de mes parents, j'aurais peut-être sauté, même sans terre en vue.

Une esquisse d'idée se forme dans ma tête. Avant d'avoir pu me retenir, je lève le menton et demande d'une voix froide :

— Et si c'était le cas ?

Peut-être que s'il me croit suicidaire, il va...

— Dans ce cas, je t'enfermerai dans la cabine, ou mieux encore, je t'enchaînerai au lit.

Ma respiration se coince dans mes poumons.

Il ne bluffe pas.

Il le fera.

Si je le pousse à bout, il me privera du peu de liberté qu'il me reste.

Je sens le goût amer de la défaite sur ma langue et baisse les yeux sur la colonne forte et bronzée de sa gorge, me concentrant sur la portion de tatouage visible au-dessus du col ras-du-cou de son T-shirt noir.

— Je n'allais pas sauter, dis-je à demi-voix. Tu n'as pas à t'en faire. Je ne compte pas me tuer.

Je ne le ferais pas exprès, en tout cas. Je n'hésiterai pas à tenter de m'enfuir à la nage si une opportunité se présente, mais je ne sauterai pas vers une mort certaine pour lui échapper.

— Alinyonok... dit-il d'une voix plus douce.

Il me lâche le bras et prend ma joue dans sa main. Avec délicatesse, il me lève le menton jusqu'à ce que je le regarde dans les yeux.

— Pourquoi ne pas nous laisser une chance ? Je n'ai aucune envie de te faire du mal. C'est même tout le contraire. Tu es tout ce que j'ai toujours voulu depuis si longtemps… et même si tu essaies de te convaincre du contraire, tu as envie de moi aussi. Arrête de lutter. Laisse-moi te montrer comme ça peut être bon entre nous. À moins que ça soit ce qui t'effraie ? Que ce soit bon ? De te rendre compte qu'on a gaspillé toutes ces années où on a été séparés ?

Je le regarde, mon cœur cognant douloureusement contre ma cage Ruslanacique. Ces paroles prononcées d'un ton doux et cajoleur ont une note séductrice à mes oreilles, même si c'est de la folie – un vrai délire.

Ce ne sera pas bon entre nous. Ce sera un désastre, comme le mariage de mes parents, comme tout ce qui concerne notre relation jusqu'alors. Nous sommes toxiques l'un pour l'autre – il n'y a qu'à voir tous les cadavres qu'on a laissés dans notre sillage.

— Alinyonok, ma belle…

Sa voix s'adoucit encore plus et une chaleur perturbante brille dans ses yeux sombres.

— Tu sais que je dis la vérité.

Il penche la tête et je dois mobiliser toute ma volonté pour écarter sa main d'une tape et tourner le visage sur le côté, esquivant son baiser. Sauf que je ne peux pas l'éviter totalement. Ses lèvres douces et chaudes effleurent mon oreille, provoquant des frissons érotiques le long de mon dos et me donnant la chair de poule sur les bras. Je rougis.

Même en sachant ce qu'il a l'intention de faire, je ne

peux empêcher mon corps de réagir à lui, de répondre à la force brute, animale qui nous attire l'un vers l'autre.

Le cœur battant à tout rompre et le visage brûlant, je fais un pas en arrière. Puis un autre, et encore un autre. Il me laisse faire, étirant les lèvres en ce sourire sombre, sardonique et me regardant battre en retraite avec la patience d'un prédateur qui sait que sa proie n'a nulle part où aller.

Sauf que j'ai bien un endroit où aller. Je me retourne et me dirige d'un pas décidé vers l'endroit où je pense trouver la cuisine. Par-dessus mon épaule, je lance :

— J'ai besoin d'un petit déjeuner.

S'il y a bien une chose dont je suis certaine, c'est qu'Alexei n'a pas l'intention de m'affamer. Même hier, quand j'étais nue dans ses bras, il a retenu son désir le temps de me nourrir. Aujourd'hui, il est sexuellement satisfait – ou il devrait l'être vu le nombre de fois où il m'a baisée hier. Mais après tout, s'il m'a dit la vérité quand il a affirmé n'avoir couché avec personne depuis nos fiançailles dix ans plus tôt, ces trois étreintes n'ont peut-être fait que lui ouvrir l'appétit.

Un frisson brûlant parcourt ma peau à cette pensée.

Il m'emboîte le pas, me rattrapant facilement avec ses longues enjambées.

— Si tu insistes, allons prendre un petit déjeuner. Même si je ne suis pas sûr que ce soit une bonne idée de faire irruption sur le domaine de Vika. Elle a tendance à être territoriale.

Je m'arrête.

— Ah oui ?

D'après ce que j'ai pu voir de la petite femme aux cheveux noirs, elle semblait amicale.

— La cuisine est son territoire. Larson est le seul autorisé à entrer là-bas.

Alexei a parlé d'un ton sérieux, même si un éclat amusé brille dans ses yeux. Je suis sûre qu'il se moque de moi, mais juste au cas où, je réponds :

— OK, alors comment je fais pour obtenir à manger, ici ?

— Tu me dis ce que tu veux, et je m'en occupe.

Il plonge la main dans sa poche et sort son téléphone, avant de taper un message. J'entends un son quand il l'envoie et mon cœur accélère quand je regarde le portable.

Un téléphone. Un moyen de contacter le monde extérieur. Bien sûr qu'il en a un. Et ses employés aussi. Ce qui veut dire qu'il y a plusieurs portables sur ce bateau, une occasion pour moi d'en subtiliser un le temps de prévenir mes frères…

Je m'arrête net. Les prévenir de quoi, au juste ? Que je suis dans des eaux inconnues, sur un yacht anonyme ? Même avec l'équipe de hackers de Konstantin, je suis loin d'avoir assez d'infos pour qu'ils me trouvent. Et puis, ai-je seulement envie d'être trouvée ? Avant qu'Alexei m'enlève en pleine nuit, j'ai dit à Nikolai de ne pas se lancer à ma recherche, parce que je ne voulais pas que plus de sang soit versé à cause de moi – et j'étais sincère. C'est toujours ce que je pense, même si les intentions d'Alexei sont bien pires que ce que je croyais. Je n'ai pas envie que mes frères se battent ou meurent pour moi. *Ni qu'ils tuent Alexei.* Dès que cette pensée me vient en tête, je la repousse, réticente à l'analyser plus en profondeur. Même s'il n'y a pas grand-chose à analyser.

Je n'ai pas envie que quelqu'un meure ou tue pour moi. Point final. Ce qui veut dire que je ne peux pas demander à mes frères de venir à mon secours... surtout si cela pousse Alexei à s'en prendre au fils de Nikolai une fois de plus. En fait, maintenant que j'ai les idées plus claires, je me rends compte que je ne pourrais pas fuir même si une opportunité se présentait.

Il y a deux jours, j'ai passé un marché avec Alexei, lui promettant que je viendrais avec lui et que j'honorerais nos fiançailles s'il rappelait ses hommes et laissait Slava vivre en paix avec Nikolai et sa nouvelle femme. Je n'avais pas vraiment le choix, quand j'ai passé ce marché, mais ça ne change rien au fait que j'ai donné ma parole – et que si je revenais dessus, les conséquences pourraient être catastrophiques.

Je n'ai qu'une seule manière de m'en sortir, une seule manière de reprendre un peu de contrôle sur mon destin.

Je détourne les yeux du téléphone d'Alexei pour les plonger dans son regard froid et amusé.

— Donc, dis-je d'un ton calme tandis que mon estomac se retourne. Tu as préparé quelque chose pour le mariage ? J'aimerais qu'on fasse ça aujourd'hui.

CHAPITRE 2

ALEXEI

Mon pouls accélère, et seule une décennie d'expérience dans la négociation de marchés avec des rivaux implacables me permet de cacher ma stupéfaction. Elle veut m'épouser ? Maintenant ? Aujourd'hui ?

Mais non. Quand je plonge le regard dans ses yeux couleur jade, je vois la vérité.

Mon Alinyonok n'a pas décidé de changer d'avis et de m'accepter. Au contraire, c'est une nouvelle ruse, un moyen de revenir sur notre marché tout en l'honorant sur le papier. Ce mariage ne signifie rien, pour elle. Dès que nos vœux auront été prononcés, elle cherchera un moyen de s'échapper.

Je ris et même à mes oreilles, c'est un son froid et dur. Il n'y a rien de drôle, mais rire vaut toujours mieux que l'alternative : m'emparer d'elle et me servir de ma bouche pour essuyer ce rouge écarlate de ses lèvres, avant de la plaquer sur le bois dur du pont et de la baiser ici même, devant tout le monde. Elle se débattrait, si je faisais ça. Elle se débattrait et je n'en aurais rien à foutre. Maintenant que je l'ai eue, maintenant que je l'ai goûtée, j'ai juste envie de *plus*. Son goût, ses caresses, son parfum de fleur d'oranger. Son sexe étroit et humide enroulé autour de mon membre, le serrant dans les affres de son orgasme.

Je vis avec ce désir depuis plus d'une décennie, mais il est bien plus aiguisé, maintenant, presque insoutenable.

À mon rire, elle a un mouvement de recul et écarquille les yeux un instant, puis elle hausse le menton de manière défiante. Contrairement à moi, elle ne sait pas cacher ses émotions. Pas devant moi, en tout cas. Peut-être qu'aux yeux des autres, Alina Molotova semble mystérieuse et distante, une princesse de la haute société qui existe au-delà de la compréhension des simples mortels, mais pour moi, elle est un livre ouvert. Je sais qu'elle est fragile, sous cette façade belle et hautaine, que ses émotions sont volatiles.

Si elle me laissait faire, je la protégerais de tout et de tout le monde, y compris elle-même. Mais d'abord, je dois réussir à l'atteindre, à détruire ses illusions de n'avoir besoin de personne. Parce que c'est faux.

Elle a besoin de *moi*, et je vais faire en sorte qu'elle en prenne conscience, même si ça prend une décennie de plus.

— Eh bien, pourquoi pas, dis-je en haussant un sourcil. On organisera le mariage juste après le petit déjeuner.

Elle pâlit. C'est subtil, sa peau de porcelaine blanchit un peu plus et son cou fin se tend, mais je le vois, comme je vois tout le reste chez elle. Elle veut me déstabiliser, mais elle a choisi la mauvaise façon de le faire. Je me ferai un plaisir de l'épouser aujourd'hui, dans ce yacht. Un grand mariage mondain n'a jamais été envisageable, pour nous, sachant ce que sa famille pense de la mienne – et à quel point mon père a envie d'une grande cérémonie.

Ça aurait été son dernier tour de piste, sa dernière chance d'exhiber notre pouvoir et notre richesse avant que le cancer qui a détruit son pancréas le dévore complètement.

C'est une occasion dont je suis ravi de le priver.

— Juste après le petit déjeuner ? demande Alina d'une voix étranglée.

Je hoche la tête avec un sourire sardonique.

Je ne comptais pas l'épouser aussi vite, mais ça ne veut pas dire que je n'y vois pas des avantages.

— Il y a quelques robes blanches dans ton armoire, dis-je.

Elle me regarde, ses yeux de chatte emplis d'un trouble qu'elle ne peut pas cacher.

— Tu peux en enfiler une.

Elle ricane, retrouvant un peu contenance.

— Et tu porteras ça ? demande-t-elle avec un geste vers ma tenue décontractée.

— Je vais me changer aussi, ne t'en fais pas.

Comme elle, j'ai une armoire remplie de vêtements pour toutes les occasions.

— Je me fous de ce que tu portes, réplique-t-elle d'un ton brusque. Et je ne porterai pas de blanc. Ce n'est pas ce genre de mariage.

— Ah non ? Quel genre de mariage tu crois que c'est ?

Je réduis la courte distance entre nous et prends sa mâchoire dans ma main.

— Tu étais vierge jusqu'à hier, alors le blanc convient tout à fait, tu ne trouves pas, ma beauté ?

Une légère rougeur recouvre ses joues, leur donnant une jolie teinte rose. Elle écarte ma main d'une tape.

— Ce mariage est une mascarade et tu le sais.

— Je ne sais rien du tout.

— Eh bien, moi si, réplique-t-elle en reculant, le regard défiant. Je ne porterai pas de blanc. Peut-être du noir.

— Comme tu voudras.

La vérité, c'est que je me moque de ce qu'elle portera. Je la préfère comme elle était hier soir – nue et chaude entre mes bras. Si nous étions seuls sur le bateau, je ferais en sorte qu'elle reste comme ça tout le temps, y compris durant notre mariage.

Je me retourne pour me diriger vers la table sous le surplomb, où Vika va venir servir le petit déjeuner d'une minute à l'autre.

— Attends ! me rappelle Alina.

Je pivote vers elle, curieux de découvrir sa dernière ruse. Sans surprise, elle m'observe d'un air spéculateur.

— Je *pourrais* porter du blanc... commence-t-elle avant de s'interrompre.

Et c'est parti.

— En échange de... ?

— Je ne veux pas que tu me touches pendant au moins une semaine.

Ses paroles me piquent comme des aiguilles, même si je m'y attendais à moitié. Même si je sais qu'elle ne les pense pas. Ce n'est pas le cas de son corps, en tout cas. Elle est attirée par moi, elle l'a toujours été ; c'est son esprit qui dresse des obstacles sur notre chemin.

— Hors de question, dis-je, et je suis sérieux.

J'ai attendu plus de dix ans pour l'avoir et maintenant que c'est le cas, je n'ai pas l'intention de perdre une seule nuit.

Elle se mord la lèvre.

— Cinq jours ?

— Non.

— Trois ?

C'est à mon tour de ricaner.

— Non.

Elle commence à avoir l'air désespéré.

— Deux ? S'il te plaît, je suis vraiment endolorie.

Merde. C'est sûrement vrai – je n'ai pas vraiment été délicat, hier soir. J'ai fait de mon mieux pour me contenir, mais une fois en elle, mon self-control rigide que je cultive depuis des années s'est démonté comme une pelote de laine.

— Un jour, cédé-je d'un ton lugubre. Je ne te baiserai pas aujourd'hui, et c'est tout.

Je lui ferai d'autres trucs, par contre. Je ne compte pas laisser passer notre nuit de mariage sans prendre de plaisir avec elle d'une manière ou d'une autre.

Elle a l'air tiraillée, mais elle finit par carrer les épaules et hocher la tête d'un air résolu.

— Marché conclu. Je porterai du blanc et tu ne poseras pas tes mains sur moi.

Ma pauvre petite Alinyonok. Elle croit avoir remporté cette manche. Je la laisse y croire et nous nous dirigeons vers la table ensemble. Pile au bon moment, Vika sort des cuisines, poussant un chariot devant elle. Il est couvert de tous les petits déjeuners possibles, même si j'ai dit à Vika que le matin, Alina préférait les plats russes simples tels que le *grechka*, des galettes de sarrasin grillées. Ma cuisinière doit s'ennuyer et avoir envie d'afficher ses talents.

Je tire une chaise pour Alina et elle s'y assoit de manière gracieuse, repliant sa jupe sous elle d'un geste fluide. La robe qu'elle a choisie ce matin est vert émeraude, assortie à ses yeux. Elle est maintenue par une bretelle épaisse et d'un tissu vaporeux et léger qui dissimule ses courbes minces, mais expose ses longues jambes musclées, ainsi que ses épaules délicates – ces dernières commencent à prendre une teinte un peu rosée.

Je m'assois à mon tour, sors mon téléphone et envoie un message à Larson pour lui demander d'apporter de la crème solaire. Pendant ce temps-là, Vika dépose tous les plats sur la table. Alina s'extasie devant chacun d'eux dans une tentative évidente pour flatter ma cuisinière.

— Ça ne marchera pas, tu sais, dis-je une fois que Vika est repartie aux cuisines avec le chariot. Elle est très loyale envers ma famille et moi.

Alina écarquille les yeux d'un air innocent.

— Je n'étais pas…

— Si, c'est ce que tu faisais.

Malgré ses promesses, elle essaie encore de trouver une issue, de s'échapper, et je ne le permettrai pas. Je pose les mains de chaque côté de mon assiette, me penche et soutiens son regard.

— Juste pour te prévenir, dis-je doucement, si tu réussis à te mettre l'un de mes employés dans la poche, tu signeras son arrêt de mort.

Elle pâlit.

Je me rassois et prends la théière que Vika a déposée au milieu de la table. Je n'ai pas envie que ma relation avec Alina ne soit constituée que de marchandages et de menaces, mais il faut qu'elle comprenne que les règles du jeu ont changé. Je lui ai donné tout le temps que je pouvais lui accorder – trop de temps. J'aurais dû m'emparer d'elle dès son dix-huitième anniversaire, comme je prévoyais de le faire au départ, mais elle était si malade et malheureuse, le soir de sa fête, que j'ai ignoré ce que me soufflait mon instinct et lui ai laissé six mois de plus.

Six mois qui se sont transformés en sept années infernales.

Non, je n'ai pas envie de la soumettre avec des

menaces, mais je suis prêt à le faire. Je ferai tout ce qu'il faudra pour m'assurer qu'elle ne m'échappe plus jamais.

— Du thé ? proposé-je d'un ton calme tout en levant la théière.

Elle esquisse un petit hochement de tête et baisse les yeux sur son assiette. Je remplis sa tasse du liquide fumant avant de me verser un café. Je n'ajoute pas de lait ni de sucre, parce que j'aime mon café comme elle aime son thé – fort et noir, sans arôme supplémentaire.

— Qu'est-ce que tu veux manger ? demandé-je avec un geste vers le festin devant nous.

Il y a de tout, depuis les différents types de poissons fumés jusqu'aux céréales et aux fruits, en passant par les œufs, le bacon et les pancakes à l'américaine.

Alina ignore ma question, prend un pot de grechka et verse un peu de graines dans son bol avant d'ajouter des fruits et de recouvrir le tout de miel.

Elle cherche à m'agacer, c'est évident, mais ça ne fait que m'amuser. Mon Alinyonok est si prévisible, une vraie petite routinière. Même si nous n'avons passé que très peu de temps ensemble, je connais ses préférences tout autant que les miennes. Je sais quelle marque de shampoing elle privilégie et comment elle boit son thé, qui sont ses amis et quels sont ses films favoris. Pendant des années, je l'ai observée, j'ai dévoré la moindre info la concernant, sachant qu'un jour, je me retrouverais exactement là où on est aujourd'hui : ensemble, en train de partager un repas avant notre mariage.

Bien sûr, je ne savais pas que je devrais lancer un

assaut de niveau militaire sur le domaine de son frère pour qu'on en arrive là, mais bon. C'est la vie.

La silhouette grande et élancée de Larson apparaît dans mon champ de vision. Comme d'habitude, il porte son uniforme de capitaine bleu et blanc et a la démarche vive et assurée d'un homme qui a passé la majeure partie de sa vie en mer. Dans sa jeunesse, il a servi chez les marines, mais le destin a fini par l'amener en Russie et le placer à mon service.

— La crème solaire que vous avez demandée, monsieur, dit-il en me tendant la bouteille.

Il se tourne vers Alina et incline sa casquette pour la saluer.

— Mademoiselle Molotova, bonjour.

Elle lui adresse un sourire poli.

— Capitaine Larson.

Elle est bien plus froide avec lui qu'avec Vika. Elle a dû prendre mes avertissements à cœur.

— Merci, dis-je à Larson.

J'ouvre la bouteille et verse une généreuse dose de crème solaire dans ma paume.

— Au fait, notre mariage aura lieu ce matin, dans environ une heure. Tu officieras. Fais le nécessaire pour te préparer.

Il écarquille un peu les yeux, mais répond sans hésiter :

— Ce sera un honneur, monsieur.

Il s'en va et je reporte mon attention sur Alina.

— Tu as un coup de soleil sur les épaules, dis-je en me levant et en contournant la table. Tu dois être prudente, ici. Le soleil peut être brutal, si ta peau n'y est pas habituée.

Elle me regarde en clignant des paupières.

— Oh, je vais bien. Je n'ai pas…

— Soulève tes cheveux. Je ne veux pas mettre de la crème solaire dessus.

— Je peux faire ça moi-même.

— Lève. Tes. Cheveux.

Elle me lance un regard rebelle, mais obéit, rassemblant ses cheveux noirs et épais à deux mains et les maintenant quelques centimètres au-dessus de sa nuque. Je pose la bouteille et étale la crème entre mes paumes. Même si seules quelques heures ont passé depuis la dernière fois que je l'ai touchée partout, mon cœur accélère et mon sexe durcit quand je pose les mains sur ses épaules et sens sa peau chaude, soyeuse. Elle reste assise avec raideur pendant que j'étale la crème sur ses épaules et le haut de son dos, m'assurant de couvrir chaque centimètre carré. Quand je n'ai plus de crème solaire dans les mains, j'en reprends un peu et l'applique sur ses bras et le dos de ses mains.

Ses jolies mains élégantes, avec leurs ongles rouges brillants. Mes propres mains, grandes, calleuses et brunies par le soleil, ressemblent à des pattes d'animal, en comparaison.

— C'est bon. Il y en a assez, dit-elle d'une voix étranglée quand je tends à nouveau la main vers la bouteille.

J'ignore ses protestations. Je refuse de laisser cette peau de porcelaine brûler.

Elle déglutit quand je verse une noisette de crème solaire dans ma paume et l'applique sur son visage avec délicatesse.

— Tu fous en l'air mon maquillage, murmure-t-elle.

Elle me regarde de sous ses longs cils pendant que j'étale la crème avec soin autour de ses lèvres pleines et peintes en rouge avec expertise.

Elle dit ça comme une critique, mais je souris. Je fous en l'air son maquillage, c'est vrai – et j'en suis ravi. J'éprouve une certaine satisfaction perverse à l'idée de gâcher sa perfection, de fissurer l'artifice qui dissimule sa vraie beauté.

Je devrais peut-être lui prendre tout son maquillage. Ça ne lui plaira pas, mais je suis prêt à le faire. Ce sera presque aussi bien que de la faire se balader toute nue.

Sa robe a un col haut, sa poitrine n'est donc pas exposée – à mon grand regret. Ses jambes, par contre... je m'accroupis devant elle et applique la crème sur ses pieds, autour des lanières de ses sandales à talon. Puis je plaque les paumes sur les muscles lisses de ses mollets et les os gracieux de ses genoux. Au début, elle est rigide, mais quand je remonte les mains jusqu'à ses cuisses, je la sens trembler et sa respiration se coince dans sa gorge. Mes mains ne sont pas tout à fait fermes non plus. Je suis submergé par le désir, il m'embrouille le cerveau et accélère ma respiration, il durcit mon sexe au point de me faire mal.

J'ai envie d'elle. J'ai envie d'écarter ses longues jambes soyeuses et d'enfouir la tête entre elles, de la faire jouir en hurlant mon nom, avant de la plier en deux sur la table pour sentir sa chaleur moite m'étreindre, m'accueillir dans son corps comme elle m'accueillera un jour dans son esprit et son cœur.

Mais non. Larson ou Vika peuvent arriver d'une minute à l'autre, et puis, elle a faim. Tout ce que j'ai envie de lui faire – sans la baiser – devra attendre après le déjeuner et le mariage.

Je serre les dents, me lève et rejoins ma chaise, où je m'essuie les mains sur une serviette. Je m'efforce de ne pas la regarder de crainte de perdre le contrôle.

C'est un échec. Mes yeux n'arrêtent pas de s'égarer vers elle. Je la regarde presser délicatement le bout des doigts sous ses yeux, sûrement pour vérifier si j'ai fait couler son mascara. Ce n'est pas le cas – seul son fond de teint a été altéré, ainsi que les autres saletés qu'elle a pu appliquer sur sa peau – mais elle a quand même l'air ébranlée. Je l'ai déstabilisée. Je m'en rends compte quand je la regarde se palper le visage, tentant d'étaler la crème solaire de manière plus uniforme sur ses joues et sa mâchoire, de la mélanger avec ce qu'il lui reste de maquillage.

Ma Alinyonok n'aime pas paraître imparfaite devant moi – ou plus probablement, devant personne.

Je range cette observation dans un coin de ma tête, l'ajoutant à mon arsenal d'infos sur elle. Il est incomplet, basé sur des renseignements de seconde main plutôt que des connaissances directes. Même si j'ai l'impression de la connaître et de la comprendre, la vérité, c'est que nos interactions ont été très rares, au fil des années.

En fait, nous avons passé plus de temps ensemble au cours des dernières vingt-quatre heures que durant les onze ans qui les ont précédées.

Elle commence à manger et je fais pareil, faisant un sort aux trois œufs et à la portion de bar du chili fumé accompagné de concombres. Elle n'a mangé que le quart de son grechka quand je termine. Je me verse une autre tasse de café, puis la sirote en l'observant. Je savoure l'arc gracieux de sa main quand elle porte chaque cuillerée de céréales à sa bouche, le fléchissement de sa mâchoire finement définie quand elle mâche, l'ondulation de sa gorge de cygne quand elle avale. Avant de la rencontrer, je ne savais pas qu'il était possible d'être fasciné par quelque chose d'aussi trivial qu'une personne en train de manger, mais durant ce dîner dans le penthouse de son père, onze ans plus tôt, je n'ai pu m'empêcher de tourner les yeux vers elle encore et encore, pendant qu'elle picorait son assiette. Son beau visage arborait une expression mutine que je connais si bien, aujourd'hui.

Elle n'avait même pas encore quatorze ans, à l'époque, et même si j'étais un adulte de presque dix-neuf ans, je me suis senti fasciné par elle, envoûté.

Elle lève les yeux de son assiette, se rend compte que je la regarde et son visage reprend une teinte rosée. Je ne détourne pas le regard. Pourquoi faire ? Elle sait ce que je ressens. Ma fascination pour elle n'a fait que grandir après ce soir-là, jusqu'à devenir une obsession dévorante que j'ai perdu tout espoir de surmonter.

— Tu sais, tu ne m'as jamais expliqué pourquoi, dit-elle en repoussant son bol à moitié fini.

— Pourquoi quoi ? demandé-je en la scrutant par-dessus le bord de ma tasse.

Sa voix est tendue et un peu rauque.

— Pourquoi tu as fait une fixation sur moi.

— Il doit forcément y avoir une raison ?

Elle baisse les cils, cachant l'éclat de joyau de ses yeux.

— Pour une personne normale, oui. Dans moins d'une heure, tu vas nous unir par les liens du mariage. Alors je veux savoir pourquoi. Pourquoi moi ? Pourquoi pas une femme qui a envie de toi ?

— Tu as envie de moi.

Je lève la paume quand elle semble sur le point de protester.

— Ce n'est peut-être que du désir physique pour l'instant, mais ça va finir par évoluer en quelque chose de plus.

J'en suis certain.

Elle écarquille les yeux.

— Tu es en plein délire. Tu crois vraiment que tout ça va se transformer en histoire d'amour ? rétorque-t-elle en frappant la table devant nous.

— Pourquoi pas ?

Elle me regarde, bouche bée, puis lâche un rire sec, incrédule.

— Tu es sérieux, hein ? Tu crois vraiment pouvoir m'obliger à tenir à toi.

— Bien sûr que je le peux.

Je pose ma tasse et me penche, capturant son regard.

— On va passer le restant de nos vies ensemble, Alinyonok. Chaque nuit, je te donnerai du plaisir, et chaque jour, je pourvoirai à tous tes besoins. Je t'emplirai de ma semence et un jour, tu donneras naissance à notre enfant. Peut-être plus d'un. Nous serons une famille et tu finiras par avoir des sentiments pour moi – parce que je ne te donne pas le choix. Plus maintenant.

Pendant qu'elle me regarde, le visage pâle, j'ajoute doucement :

— Repousse-moi autant que tu voudras, ma belle, mais tu ne l'emporteras pas. Je vais m'en assurer.

CHAPITRE 3

ALINA

Mes mains tremblent encore quand je fouille dans la rangée de robes accrochées dans le dressing à la recherche d'une blanche. Je n'ai pas pu manger une seule bouchée après la déclaration impitoyable d'Alexei, et mon estomac est à nouveau froid et creux, mes entrailles nouées. J'aimerais bien avoir un joint ou deux, mais il n'y a rien qui puisse apaiser mon angoisse, ici.

Une nuit. C'est tout ce que cette robe m'octroiera. Une nuit sans qu'il me touche.

Ça ne suffit pas. Loin de là. Quand Alexei s'est détourné après mon refus de porter du blanc, j'ai pensé à compter les jours depuis mes dernières règles. Je ne me souviens pas du jour exact où elles ont débuté, je sais juste que c'était en milieu de semaine – et je ne sais pas combien de temps je suis restée inconsciente, pendant qu'Alexei m'amenait ici – mais je suis à peu près sûre d'approcher du milieu de mon cycle.

La période la plus fertile d'une femme, en d'autres termes.

S'il avait accepté de ne pas me toucher pendant une semaine, j'aurais été sauvée – pour ce mois-ci, du moins. Mais une seule nuit, ça ne servira à rien. Je dois trouver un moyen de le garder à distance pendant au moins quelques jours. Mais comment ? J'ai si peu de moyens de pression sur mon ravisseur. La robe blanche avait l'air de lui tenir à cœur, alors j'ai voulu jouer cette carte du mieux que je pouvais. Maintenant, je dois trouver autre chose, quelque chose contre quoi il serait prêt à marchander.

Bien sûr, c'est à supposer que je ne sois pas déjà enceinte.

— Tu as besoin d'aide ?

La voix d'Alexei me fait sursauter. Le cœur battant, je me retourne et plonge mon regard dans ses yeux sombres et amusés.

Il est à l'entrée du dressing, un bras appuyé sur l'encadrement au-dessus de sa tête. Il est déjà habillé pour le mariage, ayant échangé son T-shirt décontracté et son jean contre un smoking et un nœud papillon. Sa veste noire élégante moule son torse puissant, accentuant la largeur de ses épaules, et sa chemise blanche impeccable au-dessous forme un joli contraste avec sa peau couleur olive et ses cheveux noirs.

Il est à la fois intimidant et à couper le souffle, et je le déteste pour ça – presque autant que je déteste la réaction involontaire de mon corps à sa vue.

— Tu sembles avoir du mal à trouver une robe,

continue-t-il avec un sourire affûté, en faisant un signe de tête vers le support à vêtements derrière moi. Je peux peut-être me montrer utile ?

Je serre les dents et pousse ma respiration à se calmer.

— Non merci. Je peux me débrouiller.

Pour le lui prouver, je me retourne et arrache la première tenue blanche que je vois de son cintre – laquelle s'avère être une longue tunique en lin à manches longues.

Merde.

Mais après tout, qui a dit que je devais ressembler à une vraie mariée ? Notre accord stipule que je porte une robe blanche, et c'est une robe blanche. Du genre qu'on ne me verrait jamais porter ailleurs qu'à la piscine, par-dessus un bikini, mais bon... Avec un sourire triomphant, je me tourne vers mon fiancé et lève la tunique devant moi.

Quand je vois l'expression d'Alexei, mon sourire s'évanouit.

— Je ne crois pas, dit-il d'une voix dangereusement douce. Je n'expliquerai pas ça à nos petits-enfants quand ils demanderont à voir nos photos de mariage.

Il s'avance vers moi, faisant bondir mon cœur dans ma poitrine, et s'arrête à trente centimètres de distance. Il tend la main derrière moi et sort une tenue de soirée. D'un satin blanc et épais, avec des fils argentés tissés dans le corsage carré, elle conviendrait tout autant à un mariage qu'à un gala huppé.

— Tu vas porter ça, dit-il en me tendant la robe. Ou notre marché est annulé.

Une petite victoire, c'est toujours ça de pris. Je crispe la mâchoire, accroche la tunique et lui prends la robe des mains. Je n'ai pas le choix. Il détient toutes les cartes, dans ce petit jeu tordu auquel nous jouons, et dicte tous mes faits et gestes. Même si j'ai envie de protester, je ne peux pas – pas sans céder le peu de terrain que j'ai gagné.

Après tout, une nuit sans sexe, c'est toujours mieux que rien.

Je serre la robe contre ma poitrine, rejette la tête en arrière et le regarde dans les yeux avec l'expression la plus hautaine possible.

— Tu peux partir, maintenant. Je peux gérer le reste toute seule.

Même si ma voix est ferme, mon cœur bat de manière irrégulière. Il est trop proche de moi, son corps trop grand et musclé, sa présence trop irrépressible dans le petit espace du dressing. J'ai l'impression qu'il réquisitionne tout l'air autour de moi, ne me laissant aucun oxygène à respirer. J'essaie quand même, obligeant mes poumons à prendre une inspiration, et mon corps s'embrase comme une cheminée. Des souvenirs d'hier défilent avec force détails dans ma tête quand je hume une bouffée de son odeur masculine – ce mélange étrangement attrayant de pin, de cuir et de sel marin.

Pendant des années, cet homme a hanté mes pires cauchemars et mes rêves les plus érotiques, et pourtant mon imagination avait sous-estimé le magnétisme de sa présence.

Il perçoit ma faiblesse. C'est ce qu'il doit se passer, parce que ses paupières s'alourdissent et que la ligne pincée de ses lèvres se transforme en courbe sensuelle, moqueuse.

— Et si je n'ai pas envie de partir ?

Je ravale ma salive, bien consciente de la chaleur moite qui s'accumule entre mes jambes et de la dureté douloureuse de mes tétons dans mon soutien-gorge.

— Tu as promis.

— De ne pas te baiser, oui, répond-il, les yeux pétillants. Je n'ai jamais dit que je ne regarderais pas.

Je fais un pas tremblant en arrière.

— Je ne me changerai pas devant toi.

— Pourquoi pas ?

Il me parcourt des yeux et quand son regard plonge à nouveau dans le mien, ses iris sont presque noirs.

— J'ai déjà tout vu.

— Parce que... commencé-je, me creusant désespérément les méninges. Parce que ça porte malheur, si le fiancé voit sa future mariée dans sa robe avant le mariage.

C'est la plus ridicule des excuses, cette superstition ne s'applique qu'aux couples qui ont l'espoir de connaître un mariage heureux, mais c'est le mieux que je puisse trouver. Je ne peux pas lui dire la vérité – rien que d'être debout devant lui me donne l'impression d'être en feu. S'il rompt sa promesse et me touche, je risque de partir en cendres.

Il étire à nouveau les lèvres de manière moqueuse.

— Vraiment, Alinyonok ? Tu crois que la chance entre en ligne de compte avec nous ?

— Oui.

C'est mon excuse, et je vais m'y tenir.

Il penche la tête.

— Très bien. Je t'attends sur le pont.

Sur ces mots, il sort. Je me sens soulagée... et bizarrement déçue.

CHAPITRE 4

ALINA

Je fais durer mes préparations aussi longtemps que je peux, appliquant mon maquillage avec soin, coiffant mes cheveux et choisissant les sous-vêtements parfaits pour la robe – même si personne ne les verra. J'envisage de prendre une deuxième douche, avant de changer d'avis.

Si Alexei se rend compte que j'ai nettoyé la crème solaire, il va insister pour en étaler partout sur moi encore une fois.

Ma peau se réchauffe au souvenir de ses grandes mains fortes en train de frotter la crème pour l'imprégner dans mes épaules. Je ferme les yeux et prends de grandes inspirations jusqu'à ce que mon pouls se calme.

C'est vraiment pervers, ce désir tordu pour ses caresses alors que c'est précisément ce que j'essaie d'éviter.

ANNA ZAIRES

Finalement, je ne peux temporiser plus longtemps. Le miroir me dit que mes efforts ont payé. Malgré l'absence d'aide professionnelle, je ressemble à une vraie mariée – chignon chic, maquillage irréprochable… j'ai même trouvé des bijoux dans une boîte en bois délicatement sculptée rangée dans le dressing. J'ai enfilé une paire de boucles d'oreilles en diamant qui complète l'élégante simplicité de la robe blanche qu'Alexei a choisie pour moi.

Il est temps de prendre le taureau par les cornes.

Quand je sors de la cabine et me dirige vers l'escalier, je me répète que c'est ce que je veux, que c'est moi qui ai poussé Alexei à mettre en scène ce mariage grotesque dès aujourd'hui. J'ai pris le contrôle de mon destin de la seule manière possible – en affrontant l'inévitable de front. Quand on sera mariés, j'aurai respecté ma part du contrat et Slava sera en sécurité avec Nikolai et Chloé, là où est sa place. À ce moment-là, je pourrai réfléchir à ma propre sécurité et trouver un moyen de m'échapper.

Ce mariage est le point de départ de ma libération prochaine, je n'ai aucune raison de le redouter.

Je me répète tout ça et malgré tout, mes genoux tremblent quand je sors sur le pont et vois Alexei m'attendre sous le surplomb, avec Larson et Vika à ses côtés. Il y a aussi homme grand aux cheveux sombres, que je n'ai encore jamais rencontré. Quand il me remarque, il lève le gros appareil photo accroché autour de son cou et prend une photo.

Alexei a-t-il réussi à faire monter un photographe professionnel à bord pour l'occasion ?

Non. Quand j'approche, je remarque que l'inconnu est plus probablement un garde du corps ou un homme de main. Il a environ le même âge qu'Alexei et sa carrure est tout aussi musculeuse, mais il y a quelque chose de dur et dangereux, chez lui, du genre qui laisse entendre qu'il connaît intimement la violence. Contrairement à Vika et Larson, vêtus ce qui doit être leur uniforme, il porte un costume noir bien taillé, une chemise blanche amidonnée et une cravate noire élégante. Il a aussi quelque chose de familier, avec cette bouche étirée de manière sardonique et…

— Alina, je te présente Ruslan, mon petit frère, dit Alexei quand je m'arrête devant lui et l'inconnu. Ruslan, voici Alina Molotova, ma future femme.

Son frère ? J'ai bien du mal à cacher ma stupéfaction. Je savais qu'Alexei avait un petit frère, bien sûr, et je me souviens vaguement d'avoir vu une photo d'eux ensemble quelques années plus tôt, mais je n'ai jamais rencontré Ruslan Leonov dans aucune soirée mondaine. Comme leur sœur décédée il y a peu, Ksenia, il est resté loin du feu des projecteurs, laissant Alexei et leur père être le visage public de leur entreprise familiale. Par contre, la réputation de Ruslan est loin d'être aussi innocente que celle de sa sœur – c'est même tout le contraire.

Que fait-il sur ce bateau ? Pourquoi Alexei ne me l'a-t-il pas présenté hier ?

— C'est un plaisir de te rencontrer enfin, répond Ruslan, même si son expression sous-entend le contraire.

Il n'y a pas une trace de sourire sur son visage dur – un visage qui, à bien y regarder, ressemble beaucoup à celui d'Alexei. Ils ont le même nez masculin et la même mâchoire carrée, même si les yeux de Ruslan sont d'un gris orageux plutôt que marron foncé, et que sa peau est un ton plus clair que celle de son frère.

— Je ne peux pas dire que c'est réciproque, dis-je sans prendre la peine de sourire non plus.

Je suis certaine que le frère d'Alexei sait que je suis ici contre ma volonté. En fait, il a sûrement aidé Alexei à me capturer.

Ruslan sourit, cette fois, une expression carnassière.

— Une vraie Molotov jusqu'à la moelle. Mon frère a bien de la chance.

— Ruslan, lâche Alexei d'un ton aussi aiguisé qu'une dague. Contente-toi de prendre des photos.

Le sourire de Ruslan s'élargit.

— Comme tu veux, grand frère.

Il recule, fait signe à Alexei d'avancer vers moi et lève son appareil.

— Dis *ouistiti*.

Le flash se déclenche avant qu'Alexei ait eu le temps de se placer à côté de moi. Il est suivi de deux autres en succession rapide. Vika et Larson reculent prudemment tandis qu'Alexei m'attire contre lui et passe un bras possessif autour de ma taille. Un autre

46

flash m'aveugle. Je cligne des paupières et Alexei me tourne vers lui. Il prend ma mâchoire dans sa grande main, m'incline le visage en arrière et penche la tête jusqu'à ce que nos lèvres ne soient plus qu'à quelques centimètres.

Flash.

Les lèvres d'Alexei, douces et possessives, touchent les miennes.

Flash. Flash.

Je suis tellement chamboulée par ce qu'il se passe que je réagis à peine quand Alexei approfondit le baiser, passant sa langue sur la jointure fermée de mes lèvres tout en pressant la main au creux de mon dos pour me plaquer contre lui. Son érection se colle contre mon ventre, dure et épaisse, me provoquant un hoquet. D'instinct, je pose les mains sur ses épaules, et il profite de mes lèvres entrouvertes pour envahir ma bouche avec sa langue. Il a un goût de dentifrice mentholé et d'avidité masculine à peine contenue, comme dans tous mes fantasmes tordus, et malgré nos spectateurs, une chaleur familière me parcourt le dos. Un désir perfide s'accumule au creux de moi. J'oublie le mariage imminent et les flashs aveuglants qui se déclenchent à la périphérie de ma vision. J'oublie l'hostilité évidente de Ruslan et les projets terrifiants qu'a Alexei pour moi.

J'oublie tout et passe les bras autour du cou de mon ravisseur pour lui rendre son baiser, avec la même avidité très mal contenue.

Ce n'est que lorsqu'Alexei arrache ses lèvres des miennes, la respiration forte, et me regarde avec des yeux sombres, brûlants, que je remarque le son rythmique d'applaudissements lents. Je cille, tourne la tête et vois Ruslan nous applaudir d'un air moqueur. Son appareil pend à nouveau autour de son cou.

Je rougis, très embarrassée, et repousse la poitrine d'Alexei pour pouvoir faire un pas en arrière. Il ne me laisse pas faire. Il m'attrape les hanches à deux mains pour me maintenir en place, puis tourne la tête pour lancer un regard meurtrier à son frère.

Ruslan arrête d'applaudir et lève son appareil photo.

Flash.

Flash.

Flash.

— Souris, ordonne Alexei à demi-voix, la tête penchée près de mon oreille.

J'oblige le coin de ma bouche à s'étirer tandis que la chaleur en moi se refroidit et meurt.

Tout ça n'est que de la comédie, une parodie de mariage. Pas étonnant que Ruslan me déteste. S'il tient à Alexei, il ne peut pas avoir envie de ça pour lui. *Je* ne peux pas être ce qu'il veut pour Alexei – une mariée qui déteste son époux, une femme qui a dû être volée à sa famille.

Rien ne va, dans cette histoire. Tout ça est tordu – pour moi *et* pour Alexei.

L'espace d'une seconde, j'éprouve une drôle de compassion pour mon ravisseur, avant de me rappeler qu'il m'a enlevée. C'est Alexei qui a orchestré tout ça.

Rien ne nous obligeait à finir ici – c'est lui qui a fait en sorte que ça arrive. Tout, les fiançailles quand j'avais quinze ans, les années passées à m'épier par la suite, l'assaut sur le domaine de Nikolai et maintenant, cette parodie de mariage. Bientôt, il va aussi me mettre enceinte de force, et nous formerons une famille détraquée. Notre mariage est voué à l'échec depuis le départ.

Nous serons comme mes parents, mais en pire. Eux, au moins, ils s'aimaient, au début.

Flash. Flash. Flash.

Ma respiration accélère, mon cœur cogne dans mes oreilles. Alexei me guide vers le bastingage et Ruslan prend d'autres photos de nous à cet endroit, avec l'océan infini en arrière-plan. Puis Ruslan tend la caméra à Larson et vient se placer à côté de son frère, pour qu'on soit tous les trois.

Flash. Flash.

Je commence à transpirer, et malgré le soleil au-dessus de nos têtes, c'est une sueur froide, moite. Il n'y a plus assez d'oxygène autour de moi, et mes poumons ont beau se soulever avec force, je n'arrive pas à prendre une inspiration complète. Quelqu'un dit quelque chose, mais les mots sont déformés, comme s'ils venaient de l'autre bout d'un tunnel. Alexei me tourne face à lui.

Flash.

Des points noirs envahissent mon champ de vision et le visage d'Alexei, assombri par une émotion indéchiffrable, ondule devant mes yeux. Mes genoux se transform ent en gelée et je me raccroche à ses biceps. Il m'attrape par les bras, lance quelque chose d'un ton alarmé, que je ne comprends pas par-dessus les battements de mon cœur dans mes oreilles.

Je réalise avec une vague stupeur que je vais m'évanouir. Puis tout devient noir.

CHAPITRE 5

ALEXEI

Mon cœur se met à battre à tout rompre et je rattrape Alina quand elle s'affaisse contre moi. Son corps mince se ramollit entre mes bras.

— Qu'est-ce qu'il se passe, putain ? Elle vient vraiment de s'évanouir ?

J'ignore les questions de Ruslan, soulève ma mariée contre ma poitrine et m'empresse de l'emporter sous le pont, à l'abri des rayons du soleil. Elle est comme une poupée de chiffon dans mes bras, aussi inerte que quand je l'ai droguée. La peur et l'angoisse m'enserrent la cage Ruslanacique et les pensées se bousculent dans ma tête, envisageant toutes les possibilités.

Est-ce une insolation ? Un effet secondaire à retardement de la drogue que je lui ai injectée il y a deux jours ? Ou bien... merde, quelque chose l'a-t-il rendue malade ?

J'aurais dû faire venir un médecin, au lieu de mon connard de frère.

Je me dirige à grandes enjambées vers notre cabine et Ruslan me suit, tout comme Vika. Larson est déjà parti – chercher le kit de premier secours, sûrement.

— La pauvre. Elle doit être en hypoglycémie, dit Vika pendant que je dépose Alina sur le lit avec prudence.

Mon inquiétude grimpe en flèche quand je remarque la teinte bleue crayeuse de sa peau, sous son maquillage.

— Elle a à peine mangé ce matin et hier, vous avez juste déjeuné.

C'est vrai ?

Putain, Vika a raison. Alina n'a mangé que la moitié de son bol de grechka ce matin, et seulement quelques bouchées de son assiette hier, en début d'après-midi. Avant ça, elle était inconsciente pendant plus d'une journée, et qui sait quand elle avait mangé pour la dernière fois, avant que je vienne la chercher.

À bien y réfléchir, je ne me souviens pas qu'Alina ait beaucoup bu non plus, ces dernières vingt-quatre heures.

— Tu es en train de dire que mon frère a affamé sa future femme après l'avoir kidnappée, lance Ruslan d'une voix traînante. Comme un méchant de conte de fées.

Je dois faire un gros effort pour me retenir de lui donner un coup de poing. Si Alina n'était pas dans cet état, je le ferais.

— Ferme ta gueule, grogné-je avant de me tourner vers Vika. Va me chercher de l'eau, ou mieux encore, du jus de fruit.

Elle hoche la tête et s'éloigne à grands pas au moment où Larson apparaît avec le kit de premier secours et un tas de serviettes.

— On doit la rafraîchir, dit-il en approchant du lit. Au cas où elle aurait eu un coup de chaud.

— Laisse-moi faire.

Je prends les serviettes fraîches et humides et les dépose sur sa poitrine, son cou et ses bras.

Il fait plutôt doux, ce matin, environ vingt-huit degrés, mais en plein soleil, il fait quelques degrés de plus. Je crois que la théorie de Vika est la plus plausible, mais je ne peux pas exclure une insolation. Ou un effet secondaire de la drogue. Ou une maladie. Ou un mélange de tout ça.

Pourquoi n'ai-je pas songé à amener un médecin ?

Je pousse un juron entre mes dents, retire les serviettes sur Alina et allume le ventilateur au plafond, laissant les mouvements de l'air faire s'évaporer l'humidité sur sa peau et balayer toute chaleur excessive. Puis je presse mes lèvres contre son front lisse. Elle n'a pas l'air d'avoir de la fièvre, Dieu merci. Soit elle commence déjà à se rafraîchir, soit ce n'est pas une insolation.

Quand je la touche, Alina cligne de ses longs cils. Ses yeux couleur jade sont hébétés et flous. Puis elle cligne plusieurs fois des paupières et son regard s'éclaircit.

L'anneau qui me serre la poitrine se relâche un peu.

— Tu t'es évanouie pendant qu'on prenait des photos, dis-je, répondant à sa question silencieuse. Qu'est-ce qu'il s'est passé ? Tu te sens malade ?

Alina cille et presse une main contre son front.

— Je… je ne suis pas sûre.

— Du jus d'orange fraîchement pressé, annonce Vika en apparaissant près de mon coude avec un grand verre et une paille. Buvez ça. Ça vous fera du bien.

Je prends deux oreillers et redresse un peu Alina pendant que Vika approche la paille de ses lèvres. Alina boit docilement quelques gorgées puis, à mon grand soulagement, elle vide tout le verre. Presque aussitôt, son visage reprend des couleurs et son regard gagne en netteté.

— Ça va mieux ? demandé-je.

Elle hoche la tête et se redresse en position assise.

Flash.

Elle tressaille et je me tourne vers mon frère, les dents serrées.

Il me regarde d'un air innocent.

— Quoi ? Tu veux des photos pour la postérité, non ?

Ce que je veux, c'est lui coller mon poing en pleine face. Plusieurs fois. Jusqu'à entendre le cartilage de ses os craquer. Et c'est précisément ce que je vais faire dès qu'Alina ne sera plus là pour en être témoin. Pour l'instant, je conserve une voix égale et pointe la porte du doigt.

— Dehors. Tout de suite.

Il fait une révérence moqueuse et s'en va. Vika et Larson décèlent ma mauvaise humeur et s'empressent de le suivre, me laissant seul avec ma future femme.

Je m'assois au bord du lit et prends sa main dans les miennes. Sa peau me paraît froide, sa main délicate et fragile.

— Comment tu te sens ? demandé-je d'une voix douce, soutenant son regard. Des nausées ? Des vertiges ? Une migraine ?

Ses cils s'abaissent, dissimulant ses yeux.

— Je... je ne crois pas.

— Tu as mal quelque part ?

Elle retire sa main, esquivant toujours mon regard.

— Contentons-nous de continuer le mariage.

Elle tente de se lever, mais je lui prends les épaules et la repousse contre les oreillers.

— Le mariage peut attendre.

J'ai parlé d'une voix plus sèche que j'en avais l'intention, mais je n'ai pas pu m'en empêcher. L'inquiétude me ronge la poitrine. Si j'ai fait quoi que ce soit qui l'a blessée, qui lui a fait du mal... Avec effort, je reprends d'un ton plus égal :

— Tu vas manger. Tu vas boire. On verra pour le mariage ensuite.

Même si j'ai envie de la posséder complètement, j'ai surtout envie qu'elle soit en bonne santé.

— Je vais bien, assure-t-elle en levant le menton d'un air borné. Je veux que ce mariage ait lieu *maintenant*.

Je penche la tête et l'observe.

— C'est vrai ?

Ses yeux prennent une teinte verte plus brillante.

— Eh bien, non, évidemment. J'ai à peu près autant envie de t'épouser que d'aller nager avec un tas de requins. Mais s'il le faut vraiment, alors j'aime autant en finir vite.

Je serre les dents et me remémore qu'elle est malade. Je ne peux pas lui arracher sa jolie robe pour lui montrer qu'elle est une petite menteuse, de faire semblant de ne pas vouloir de moi ni de ce mariage. Au fond d'elle, elle sait qu'elle m'appartient, mais elle insiste quand même pour me combattre, pour résister.

Je dois mobiliser toute ma volonté pour garder une expression neutre.

— Dans ce cas-là, dis-je d'un ton froid et sans émotion, tu vas manger et boire. Ensuite, si je détermine que tu es en assez bonne forme, on reprendra le mariage.

Puis je me lève et quitte la cabine.

CHAPITRE 6

ALINA

Je pousse un soupir et laisse retomber ma tête contre les oreillers quand la porte de la cabine se referme derrière Alexei. La vérité, c'est que je me sens encore un peu tremblante, mon pouls bat trop vite. D'un autre côté, ce dernier point est peut-être dû à sa proximité plutôt qu'à ma syncope style ère victorienne.

Je ferme les yeux et prends quelques grandes inspirations. Je ne sais pas pourquoi je me suis évanouie, mais le jus d'orange m'a fait du bien, alors Alexei a peut-être raison. J'ai peut-être vraiment besoin de manger et de boire.

Et de ne pas penser à mes parents et au fait qu'on prend la même direction qu'eux.

Je ferme la porte sur cette pensée dès qu'elle apparaît, mais c'est trop tard. Mon cœur accélère un peu plus et mes poumons se contractent sous l'effet d'une nouvelle vague de panique.

Merde. Ce n'était peut-être pas à cause du manque de nourriture.

Je me concentre sur mes inspirations lentes et régulières, ne pensant plus à rien d'autre. Voyant que ça ne marche pas, je songe à Slava, je l'imagine heureux avec Nikolai et Chloé. Je me remémore que mon mariage avec Alexei assurera son bonheur et sa sécurité, et la panique reflue peu à peu, laissant une résolution sinistre dans son sillage.

Je vais épouser Alexei.

Aujourd'hui.

Dès que possible.

Et je m'inquiéterai du reste ensuite.

La porte de la cabine s'ouvre et Alexei entre avec un plateau que Vika a dû préparer pour lui. La nourriture dessus est simple : un toast beurré accompagné d'un pot de confiture, un autre verre de jus d'orange et deux œufs durs écalés.

— Tu vas manger ça, dit Alexei, l'air implacable.

Il dépose le plateau sur mes genoux et s'assoit au bord du lit.

— Je veux te voir tout dévorer jusqu'à la dernière miette, c'est compris ?

Je lève les yeux au ciel.

— Oui, maître. J'ai compris et je vais obéir, maître.

Les coins de la bouche d'Alexei tressaillent.

— Hum hum.

Il prend le toast et étale une cuillerée de confiture au coin.

— Ouvre la bouche.

Obéissante, je mords dans le pain sucré et croustillant. Aussitôt, l'eau me monte à la bouche. Je ne mange jamais aussi sucré, d'habitude, mais à cet instant, c'est exactement ce dont j'avais besoin.

— C'est bien, murmure Alexei en me regardant déglutir avec intensité.

Je rougis et tends la main pour lui prendre le toast, mais il ne me le donne pas. Au lieu de ça, il le tient hors de ma portée et étale de la confiture sur un autre coin, avant de le porter à ma bouche. Ses yeux pétillent d'un éclat sombre pendant qu'il attend de voir ce que je vais faire. Je me surprends moi-même en mordant dans le toast qu'il me tend, comme un animal de compagnie nourri par son propriétaire.

— C'est ça. C'est très bien, dit-il doucement.

Mes joues me brûlent un peu plus quand il répète ce geste, me donnant un peu plus de toast à la confiture.

Je devrais protester. Je devrais lui prendre le pain des mains et le manger comme l'adulte valide que je suis. Mais je ne le fais pas. Quelque chose dans cette situation – dans sa façon de me regarder, de me féliciter à chaque bouchée – apaise la panique en moi et fait taire les voix funestes dans ma tête. Je mange le toast entier dans sa main et quand je prends la dernière bouchée, mes lèvres effleurent ses doigts, une sensation... sensuelle. Des frissons dansent sur ma peau et ses paupières deviennent lourdes tandis qu'il prend un œuf et le porte à ma bouche.

Nous jouons à un jeu dangereux. Je le sais, mais je ne peux me résoudre à arrêter. Je soutiens son regard

ANNA ZAIRES

tout en mordant dans ce qu'il me tend, ne sentant plus le goût de rien à part la tension brûlante qui a empli l'air entre nous. Ses yeux s'assombrissent, sa respiration accélère et mon corps réagit par un flot de désir. Mes tétons durcissent dans le corsage serré de ma robe, mes muscles internes se crispent sous l'effet d'une sensation de vide douloureuse. Une fois de plus, je manque d'oxygène, mais le vertige que j'éprouve n'est pas le genre qu'on ressent avant de s'évanouir. Au lieu de ça, j'ai l'impression d'être prise dans un rêve très réaliste, une réalité alternative dans laquelle il n'y a plus que nous deux et où rien d'autre ne compte.

— Ma douce Alinyonok…

Sa voix est devenue plus rauque, râpeuse comme du velours, pendant que je me lèche les doigts après avoir terminé le premier œuf.

— Tu es si belle et précieuse.

Je devrais être embarrassée par mon comportement. Je devrais arrêter, lui dire d'aller se faire foutre. Mais je le laisse me donner le deuxième œuf, même si j'ai déjà le ventre plein, puis il porte le jus d'orange à mes lèvres. J'aspire le liquide acidulé par la paille, obéissant à ses instructions murmurées.

Une fois que j'ai bu la dernière gorgée de jus, il pose le verre vide sur la table de chevet et retire le plateau de mes genoux pour le poser par terre. Puis il prend mon menton d'une grosse main et presse ses lèvres contre les miennes.

Son baiser est aussi léger qu'une plume, il ne dure

60

qu'un instant, et pourtant quand il s'écarte, j'ai des chatouillis partout et mon pouls est irrégulier.

— Maintenant, tu es prête, murmure-t-il en scrutant mon visage.

À en juger la chaleur qui pulse sous ma peau, elle doit être d'une teinte rosée très saine. Il se penche, passe un bras sous mes genoux et l'autre derrière mon dos. Même si je lui assure que je peux marcher, il me soulève du lit aussi facilement que si j'étais une enfant.

Embarrassée, je cache mon visage contre son cou pendant qu'il me porte hors de la cabine et monte les marches jusqu'au pont. Ruslan nous attend sous le surplomb avec son appareil photo. Il prend quelques clichés de moi dans les bras d'Alexei, puis quelques autres une fois qu'il m'a reposée sur mes pieds. Il garde une main serrée sur mon épaule – sûrement pour me retenir au cas où je me sentirais étourdie.

— Tu vas bien ? demande doucement Alexei, les yeux baissés sur moi.

Je hoche la tête, soudain trop fatiguée pour me battre. Je ne sais pas si c'est parce que je me suis évanouie ou à cause de cette scène bizarre entre nous dans la cabine, mais je me sens lessivée, vidée de manière étrangement cathartique.

Quand je regarde dans les yeux noirs et magnétiques de l'homme que je vais épouser, la peur et l'angoisse qui m'ont tourmentée pendant si longtemps semblent... distantes. Elles n'ont pas disparu, mais elles ne sont plus aussi intenses qu'avant. À moins que ce soit moi qui ne sois pas tout à fait présente, encore prise dans cet état proche du rêve où Alexei et notre futur ensemble ne sont plus à redouter.

Une fois sûr que je ne vais pas m'évanouir encore, mon futur mari me lâche les épaules et serre ma main droite de manière possessive, la réchauffant.

— Dans ce cas-là, allons-y.

Il regarde devant lui et je l'imite, remarquant pour la première fois que Larson est déjà là, debout devant nous. Du coin de l'œil, je vois que Vika approche aussi. Une douce musique se met à jouer – depuis des haut-parleurs incrustés dans les murs, peut-être – et d'autres flashs se déclenchent tandis que Ruslan tourne autour de nous comme un requin armé d'un appareil photo.

Larson prend la parole et ses mots atteignent mes oreilles sans que je les entende vraiment. Au lieu de ça, ils se mêlent avec le bruit des vagues qui se brisent contre la coque et la sensation de la brise chaude et salée sur mon visage.

— Je le veux, dis-je au moment voulu, puis c'est au tour d'Alexei.

— Je le veux, dit-il d'une voix ferme.

Il me tourne vers lui, plonge la main dans sa poche de veste et en sors une petite boîte en velours. Quand il l'ouvre, je découvre deux bagues – un anneau de platine délicat et incrusté de diamants et une bague en platine plus épaisse, sans pierres. Elles sont belles, même si elles ne sont que deux chaînons supplémentaires de la chaîne qui me lie à lui. Quand je les regarde, je me souviens de la bague de fiançailles qu'il m'a donnée à mon dix-huitième anniversaire. Je ne l'ai plus jamais portée après ce soir-là, mais elle est encore chez moi, à Moscou, rangée dans un coffre-fort de mon penthouse. Pour une raison inconnue, je ne m'en suis jamais débarrassée.

Cette alliance la complète parfaitement.

Mon cœur rate un battement et une partie de ma sensation d'être dans un rêve se dissipe. L'angoisse revient, mais c'est trop tard. Alexei glisse la bague en diamant à mon annulaire gauche et dépose l'anneau en platine sur ma paume retournée – pour que je la lui enfile. Je tâtonne, les doigts plus maladroits que d'habitude, et il m'aide, les lèvres étirées de manière sardonique.

Enfin, tout est terminé.

— Vous pouvez embrasser la mariée, annonce Larson.

Alexei prend mon visage entre ses paumes et s'empare de mes lèvres dans un baiser profond et avide qui ne laisse aucun doute sur le fait que je lui appartiens, maintenant.

Je suis sa possession, pour le meilleur ou pour le pire.

CHAPITRE 7

ALEXEI

Félicitations, grand frère, lance Ruslan.

Alina s'est excusée pour aller aux toilettes juste après la cérémonie et Larson et Vika ont repris leur poste.

— Tu as tout ce que tu as toujours voulu, maintenant.

— Pas tout. Pas encore.

Je suis Alina des yeux jusqu'à ce qu'elle disparaisse sous le pont. Mon sexe est dur après ce baiser et ma poitrine contractée par l'inquiétude. J'aurais peut-être dû y aller avec elle pour m'assurer qu'elle ne s'évanouira pas encore. D'un autre côté, elle a eu l'air d'aller bien pendant toute la cérémonie. Je devrais sûrement aller vérifier quand même, juste au cas où…

— Tu veux bien te détendre un peu ? Elle va bien, dit Ruslan en venant se placer devant moi. OK, elle a fait une petite crise de panique. Quelle femme n'en aurait pas eu, dans sa position ? Elle a été violemment enlevée, droguée et forcée à épouser un homme qu'elle déteste…

Mon poing entre en contact avec sa mâchoire, lui faisant fermer sa gueule, pour une fois. Il recule en titubant et sourit, montrant ses dents ensanglantées.

— Tu mourais d'envie de faire ça pendant toute la matinée, hein ?

Il crache dans l'eau par-dessus le bastingage.

— Que dirait ta nouvelle femme si elle voyait ça ?

— Va te faire foutre.

Si Alina n'était pas là, je ne me contenterais pas d'un seul coup de poing, et il le sait. Quand on se tape sur les nerfs comme ça, on ne retient pas nos coups. Mais je n'ai pas l'intention de me lancer dans un vrai combat aujourd'hui, pas à moins de vouloir que ma femme voie que je suis bien le sauvage violent pour qui elle me prend.

Ma femme. Je savoure ce mot dans ma tête, même si ma colère contre mon frère continue de bouillir en moi. Il est contre mes fiançailles avec Alina depuis le départ – même si je ne lui ai jamais demandé son avis.

Par chance, il semble comprendre que j'atteins les limites de ma tolérance.

— Père a envoyé un message il y a quelques minutes, annonce-t-il en prenant une expression sérieuse. Il veut te parler.

Un sourire s'étire sur mes lèvres.

— Dis-lui que je suis occupé à me marier.

— Avec plaisir, répond Ruslan avec le même sourire.

À ce sujet, nous sommes sur la même longueur d'onde.

— J'ai aussi eu des nouvelles de Lykov. Les Molotov sont en train de faire un scandale. Déjà, deux de nos entrepôts près de Moscou ont été pris d'assaut, et une cyberattaque a été lancée sur l'une de nos filiales au Kazakhstan.

Rien de surprenant.

— Dis à Lykov qu'il est autorisé à dépenser autant qu'il faudra pour booster la sécurité sur tous nos lieux d'activité. Ils vont s'en prendre à nous par tous les biais possibles.

Les frères d'Alina n'accepteront pas mon attaque sur le domaine de Nikolai et l'enlèvement d'Alina sans réagir. Je le sais depuis le début. Ce que j'ai fait était l'équivalent d'une déclaration de guerre, et le sang s'apprête à couler.

— Il est déjà sur le coup, répond Ruslan. On va aussi assurer la liaison avec l'auxiliaire dans deux jours.

— Bien.

Ça veut dire que Ruslan va enfin rentrer à la maison et reprendre les rênes en mon absence. Il a insisté pour m'aider avec l'opération en Idaho, mais c'est terminé, maintenant. Tout comme le mariage. Il n'a plus aucune raison de rester ici, et l'un de nous doit rentrer à Moscou pour superviser nos affaires – surtout compte tenu de l'état de santé de notre père.

Ruslan se retourne déjà pour partir quand je demande à voix basse :

— Comment il va ?

Mon frère s'arrête et se tourne vers moi, sourcils haussés.

— Tu veux vraiment le savoir ?

Devant mon regard dur, il soupire et répond :

— Les médecins pensent qu'il ne lui reste que quelques semaines. Peut-être moins.

Quelque chose se tord dans ma poitrine, comme une vis qui s'enfonce. Je me détourne pour cacher mon expression, m'approche du bastingage et regarde l'eau bleu foncé qui chatoie calmement sous le soleil.

Un instant plus tard, Ruslan me rejoint.

— Ce n'est pas ta faute, tu sais, dit-il, les yeux fixés sur l'horizon.

Je le regarde.

— Ni la mienne, ajoute-t-il. Il est le seul responsable.

Je regarde à nouveau l'eau.

— Je sais.

— Je n'en suis pas si sûr.

Je garde le silence, parce que qu'est-ce que je pourrais dire ? On ne peut pas changer le passé, ni réparer ce qui a été brisé de manière irréparable. Jusqu'à il y a quelques semaines, quand Ruslan a découvert le journal intime d'adolescence de notre sœur, j'étais aveugle. Maintenant, je comprends tout, et la fureur qui me consume est si toxique que je n'ai d'autre choix que de rester loin de Moscou jusqu'à ce que l'homme qui nous a engendrés ait poussé son dernier souffle putride.

— Il a encore évoqué Slava, dit Ruslan avec prudence. Il exige qu'on le prenne aux Molotov.

— Ce n'est pas le marché que j'ai passé.

Ruslan se tourne vers moi et pose un avant-bras sur le bastingage.

— Pourquoi avoir passé ce marché ? On aurait gagné. On n'avait plus que quelques efforts à faire et tout aurait été terminé. Tu aurais pu avoir Alina *et* le garçon.

— Pas sans tuer son frère.

Ruslan avait mené l'équipe qui avait éliminé les gardes postés autour du périmètre du domaine, il n'était donc pas avec moi près du garage. Il n'avait pas vu la détermination mortelle dans les yeux de Nikolai Molotov, durant notre confrontation. Le frère d'Alina se serait battu jusqu'à la mort pour protéger sa famille et garder son fils. Plus important encore, Slava veut rester avec eux. Mon neveu a choisi son père et sa nouvelle femme plutôt que moi, et après avoir lu le journal intime de Ksenia, je ne peux pas dire qu'il a fait le mauvais choix. Si j'avais su à l'époque ce que je sais maintenant, si Ruslan avait trouvé ce journal intime plus tôt, si Ksenia s'était confiée à moi...

— Et pourquoi ne pas le tuer ? demande Ruslan, interrompant mes vaines réflexions. Ça ferait un Molotov de moins à se soucier.

Je hausse les sourcils.

— Tu sais que j'ai épousé une Molotov, hèin ?

— C'est une Leonov, maintenant.

Oui, c'est vrai. Je ne peux m'empêcher d'éprouver

un élan de satisfaction à cette idée. Mais je réponds à Ruslan :

— Ça ne veut pas dire qu'elle ne me haïrait pas si je tuais son frère.

Ruslan renifle.

— Elle te déteste déjà.

Non, c'est faux. Je refuse de le croire. Notre relation est loin d'être simple, mais Alina ne me déteste pas vraiment. Je me souviens de sa compassion, durant la levée de fonds qui a suivi la mort de Ksenia, de cette brève connexion entre nous. À un certain niveau, elle tient à moi, même si je suis encore plus ou moins un inconnu, pour elle. Mais plus pour longtemps. Ici, au milieu de l'océan, il n'y aura que nous deux pendant un certain temps, et elle apprendra à me connaître... elle finira par m'aimer.

— On verra, me contenté-je de répondre à mon frère.

Il renifle encore et se tourne vers l'océan. Moi aussi. Nous restons côte à côte, admirant l'étendue bleue infinie devant nous jusqu'à ce que la chaleur du soleil au-dessus de notre tête devienne intolérable. À ce moment-là, je m'écarte du bastingage et me dirige vers l'escalier.

Il est temps que j'aille prendre des nouvelles de ma nouvelle femme.

CHAPITRE 8

ALINA

J e m'apprête à sortir de la cabine quand Alexei apparaît dans le couloir, se dirigeant vers moi à longues enjambées.

— Tu t'es changée, remarque-t-il en s'arrêtant à quelques pas pour me regarder de haut en bas.

— Pourquoi pas ? Le mariage est terminé, non ?

J'ai remis la robe verte de ce matin. Elle est rafraîchissante et confortable, bien plus que la longue robe blanche.

Il penche la tête et m'examine.

— Comment tu te sens ?

— Bien.

C'est la vérité. J'ai envisagé de prendre mes vertiges pour excuse pour rester dans la cabine le restant de la journée, ce qui me permettrait d'esquiver sa compagnie, avec un peu de chance, mais j'ai fini par y renoncer. Non seulement je m'ennuierais à mourir, mais en plus, il vaut mieux que je ne rumine pas trop ma situation.

Sur le pont, je pourrai au moins parler au frère d'Alexei, apprendre à le connaître un peu.

— Tu es sûre ? s'enquiert Alexei en plissant les yeux.

J'hésite. Que fera-t-il si je ne vais pas bien ? Me ramènera-t-il à Moscou ?

Son visage se crispe.

— Et puis merde. Je vais t'amener un médecin.

Il se retourne et se dirige vers l'escalier pendant que je le regarde, incrédule.

Il y a un médecin à bord ? À moins qu'il veuille dire…

Je m'élance après lui.

— Alexei ! Attends.

Il s'arrête et se tourne vers moi.

— Quoi ?

— On va accoster quelque part ? Pour que je voie un médecin ?

S'il te plaît, dis oui. S'il te plaît.

— Non.

Il se retourne et se remet à marcher, disparaissant dans l'escalier avant que j'aie pu lui tirer d'autres réponses.

Je le suis, mais quand j'arrive sur le pont, il est déjà en train de parler à son frère sous le surplomb.

— … un délai d'une semaine, minimum, est en train de dire Ruslan quand j'approche. Tu es sûr que c'est bien nécessaire ?

— C'est à moi de décider ce qui est nécessaire,

71

répond Alexei d'un ton dur. Contente-toi de le faire venir à bord.

Faire venir qui à bord ? Comment ? Je trépigne de curiosité, mais avant que j'aie pu poser la moindre question, Ruslan hoche sèchement la tête et s'éloigne, se dirigeant vers la cale.

Alexei se tourne vers moi, l'air sombre.

— Qu'est-ce que tu fais ici ? Tu devrais te coucher, te reposer.

— Je n'ai pas envie de me reposer. Je veux…

Je me creuse les méninges à la recherche d'un truc inoffensif à faire.

— Je veux nager.

Alexei fronce les sourcils.

— Tu n'es pas assez en forme pour ça.

— D'après qui ?

Plus j'y réfléchis, plus l'idée d'une baignade dans l'océan me semble attrayante. Et ça ne me ferait pas de mal d'exercer un peu mes talents de natation, au cas où une opportunité de m'échapper se présenterait.

— Sérieusement, je vais très bien. C'était juste…

Je me tais, n'ayant pas envie de revivre ce souvenir.

Alexei prend une expression résolue.

— C'était juste… ?

— J'ai paniqué, OK ?

Je prends une inspiration, luttant contre la tension dans mes poumons.

— Je… me suis souvenue de mes parents, c'est tout.

Son visage s'adoucit.

— Alinyonok…

— Arrête, lâché-je.

Je ne veux pas de sa pitié.

— On peut juste aller nager ? S'il te plaît ?

Il réfléchit une seconde, puis hoche la tête.

— Très bien. Allons nous changer, et je t'emmènerai nager.

Il me ramène sous le pont, une main posée au bas de mon dos, et je dois faire un gros effort pour me retenir de la repousser. Pas parce que c'est désagréable. C'est même tout l'opposé. La sensation de sa grande main sur moi est presque… apaisante. Réconfortante, même si je n'ai pas très envie de me pencher là-dessus.

Cette sensation particulière s'attarde quand nous descendons les marches et rejoignons la cabine. Je m'attends à ce qu'il vienne avec moi, mais à ma grande surprise, il s'arrête un peu avant, près d'une autre porte du couloir.

— C'est là que je conserve mes vêtements, explique-t-il quand je lève la tête vers lui, surprise. On se retrouve sur le pont ?

— Oh, bien sûr.

Je cille quand il ouvre la porte et disparaît dans ce qui semble être une autre cabine, dotée d'un énorme bureau et d'une chaise au lieu d'un lit. C'est son bureau ? Si oui, pourquoi conserve-t-il ses vêtements ici ?

Bon, peu importe.

J'entre dans notre cabine et me dirige rapidement vers l'armoire, où je localise des douzaines de maillots de bain. Je choisis un maillot une pièce sportif et bleu fluo, à la fois pour nager plus confortablement et parce qu'il est moins révélateur. Bien sûr, Alexei a déjà vu tout de moi, mais quand même, je ne peux m'empêcher de sentir une chaleur se répandre sur mes joues à l'idée qu'on se retrouve presque nus dans l'océan ensemble.

Ce n'était peut-être pas une si bonne idée. En termes de distractions, celle-là est assez pourrie.

Mais c'est trop tard, maintenant. J'enfile un paréo bleu assorti au maillot, glisse mes pieds dans une paire de tongs blanches, prends une grande inspiration et sors de la cabine.

──────────

ALEXEI M'ATTEND SOUS LE SURPLOMB, QUELQU'UN A apporté deux chaises longues et une petite table basse où sont posées des boissons à l'air fruité – sûrement pour qu'on puisse se détendre et s'hydrater à l'ombre après notre baignade. À mon grand soulagement, le frère d'Alexei n'est nulle part en vue, par contre, je repère une grosse bouteille de crème solaire dans les mains d'Alexei quand il se lève de sa chaise longue.

Je m'apprête à revivre l'épreuve du petit déjeuner.

Sans surprise, dès que je suis à l'ombre, Alexei m'ordonne de retirer mon paréo.

— Tu ne sortiras pas sous ce soleil sans protection, dit-il.

Il débouche la bouteille et je m'arrête à quelques pas de lui, le scrutant avec méfiance.

Il a enfilé un short de bain noir et pour le moment, il porte un T-shirt de la même couleur. Cette tenue lui va bien et souligne les muscles puissants de ses jambes, ainsi que la magnificence tatouée de ses bras. Je déglutis en me souvenant de ce que j'ai ressenti quand j'étais enveloppée dans ses bras, nos corps nus pressés l'un contre l'autre pendant qu'il s'enfonçait en moi, encore et encore…

— Laisse-moi faire, lâché-je, sentant mon visage devenir cramoisi à ces souvenirs explicites. Je sais déjà comment ça va tourner, mais je dois essayer quand même.

C'est déjà assez grave qu'on s'apprête à se retrouver mouillés et quasiment nus tous les deux. S'il doit aussi m'étaler de la crème solaire partout sur le corps, ça risque d'être trop dur à encaisser pour ma santé mentale – ou le peu que je possède encore en sa présence, en tout cas.

— Retire ton paréo, répète-t-il en se dirigeant vers moi, l'air implacable. Tu ne pourras pas en mettre sur ton dos toute seule, de toute façon.

J'ai envie de répliquer que je peux au moins appliquer de la crème solaire sur le reste de mon corps, mais il ne se laissera pas fléchir, je le sens. Je serre les dents, me retourne et lui présente mon dos, avant de passer mon paréo par-dessus ma tête. Je sens son regard brûlant remonter le long de mes jambes, de mes fesses et du creux de ma taille. Mon maillot de bain est loin d'être sexy, mais il en révèle quand même bien plus qu'il n'en cache, et même s'il m'a déjà touchée partout, je ne peux m'empêcher de me sentir comme un lapin présenté sur un plateau à un tigre.

— Alinyonok…

Sa voix est grave et rauque, et il s'arrête juste derrière moi, si près que je sens la chaleur émaner de son corps puissant quand il place ses mains couvertes de crème solaire sur mes épaules.

— Tu es tellement sublime.

Ma peau s'enflamme de partout. Je sais qu'il a envie de moi. Je sais qu'il me trouve physiquement attirante, et malgré ça, ses mots me donnent l'impression d'être une adolescente après son premier baiser. À moins que ce soit l'effet de son contact, tandis qu'il commence à étaler la crème sous les bretelles de mon maillot de bain avec ses doigts délicieusement forts et rugueux. Peut-être que je ressens ça parce que c'est *lui* qui m'a donné mon premier baiser quand j'étais adolescente – ou il me l'a volé, plutôt.

Quelle que soit la raison, c'est bien pire que lorsqu'il m'a couverte de crème solaire plus tôt ce matin. Au moins, j'étais assise, cette fois-là. À cet instant, pendant que ses mains errent sur moi pour faire s'imprégner la crème dans ma peau, je dois mobiliser toutes mes forces pour rester debout. C'est comme si mes os avaient fondu, tout comme le reste de mon corps. J'ai la respiration tremblante et je suis submergée d'un désir brûlant, les tétons durs et l'entrejambe doux et liquide.

S'il me touche entre les jambes, il s'en rendra compte. Il sentira que je mouille.

Ce moment ne devrait avoir rien de sexuel. Il ne fait que s'assurer que je n'attrape pas de coup de soleil. Sauf que tout est sexuel, entre nous, et que ce sont ses caresses qui me font brûler. Mon corps a décidé depuis longtemps que cet homme – cet homme dangereux et violent – était celui que je voulais, et rien de ce qu'il s'est passé depuis n'a réussi à changer ça.

Quand il en a terminé avec mes épaules, mon cou, mon buste, mes bras et mon dos, il me fait me retourner vers lui et s'accroupit devant moi, comme la dernière fois. Mon pouls accélère encore. Ses paumes chaudes et calleuses glissent sur mes pieds, mes chevilles, mes mollets, mes genoux… Je retiens mon souffle quand il arrive à mes cuisses et commence à imprégner la crème solaire dans mes quadriceps et mes ischio-jambiers, avec des gestes faussement platoniques. Ce n'est que lorsqu'il lève les yeux vers moi et plonge son regard dans le mien que je vois l'avidité qui frémit dans ces profondeurs sombres – la même que celle qui m'enserre et tourne mes résistances en ridicule.

Tout en soutenant mon regard, il remonte ses mains un peu plus haut, étalant la crème solaire sur le côté de mes hanches, le bas de mes fesses et la zone exposée à l'avant, qui n'est qu'à quelques centimètres de la partie de moi qui pulse douloureusement pour lui. Quand il atteint les bords de mon maillot de bain, il sourit, étirant les lèvres en une courbe malicieuse, dangereuse et séductrice. Je tressaille sous l'intensité de mon désir, le besoin désespéré d'incliner les hanches de manière à ce qu'il presse les doigts contre la fine bande de tissu bleu fluo qui dissimule mon sexe. Pour qu'ils touchent le nœud de nerfs qui...

— Tout ça est très sexy, mais vous ne devriez pas aller dans une cabine, tous les deux ?

Le ton moqueur et traînant de Ruslan me tire de ma transe sensuelle. Je me raidis, fais un pas en arrière et, n'ayant rien de mieux à faire, je jette le paréo que je serrais encore dans ma main sur l'une des chaises longues. Alexei s'est déjà redressé et lance un regard noir à son frère, qui se tient à quelques pas de là et sourit d'un air narquois. Comme Alexei, il a retiré son costume formel pour enfiler un T-shirt et un short de bain. Il doit avoir l'intention de nager aussi.

— Je m'occupe de mon visage, dis-je d'un ton tendu en tendant la main vers la crème solaire entre les mains d'Alexei.

Il me laisse la prendre, cette fois, et je m'empresse d'appliquer de la crème sur mes joues, mon front, mon nez et mon menton, avant de l'étaler avec prudence. Je me moque de foutre en l'air mon maquillage, maintenant – je m'apprête à mouiller mon visage, de toute manière – mais les vieilles habitudes ont la vie dure.

— Qu'est-ce que tu fous là ? Tu n'as pas du boulot à faire dans ta cabine ? grogne Alexei en regardant son frère comme s'il avait envie de lui faire un œil au beurre noir.

En parlant de ça, c'est un bleu que je vois sur la mâchoire de Ruslan ?

— Non, répond Ruslan. Rien qui ne puisse attendre mon retour à la maison. J'ai entendu dire que vous allier nager, et ça m'a paru être une excellente idée, alors je me suis dit que j'allais me joindre à vous.

Je tends l'oreille. Il repart à Moscou ? Comment ? D'un ton désinvolte, presque désintéressé, je demande :

— Et quand est-ce que tu rentres chez toi ?

Le frère d'Alexei m'adresse un sourire acéré.

— Tu es pressée de te débarrasser de moi ? Ne t'inquiète pas, je vous laisserai à votre lune de miel dès que…

— Ruslan, lâche Alexei d'une voix aussi sèche qu'un coup de fouet. Et si tu allais plonger ?

— Avec plaisir.

Ruslan retire son T-shirt avec l'assurance tranquille d'un homme qui a un physique parfait et qui le sait.

Quand il me dépasse, je remarque que son corps a les mêmes proportions que celui d'Alexei et qu'il est tout aussi musclé, bien qu'il ait moins de tatouages. Pourtant, je n'éprouve aucune trace de ce désir déconcertant qui transforme chaque minute passée en compagnie de mon nouvel époux en une forme de torture. Je suppose que c'est logique. J'ai déjà croisé un tas d'hommes séduisants et bien bâtis, et aucun d'eux n'a jamais allumé la moindre étincelle en moi. Les garçons riches de mon pensionnat avaient accès aux meilleurs coachs personnels et diététiciens, sans mentionner les chirurgiens esthétiques. Pourtant, ils auraient tout aussi bien pu être des poupées Ken vu le peu d'attirance qu'ils suscitaient chez moi. Pareil pour les types que j'ai rencontrés à la fac. Bien sûr, à l'époque, je savais qu'Alexei m'épiait, et ça influençait peut-être mes sentiments.

Difficile d'être attirée par un homme quand on sait qu'il risque de mourir à cause de ça.

Je dois avoir gardé les yeux fixés sur Ruslan, perdue dans mes pensées, parce que dès qu'il a grimpé l'échelle à tribord et effectué un plongeon parfait depuis le sommet, Alexei me prend le bras et me rapproche, avant de pencher la tête pour approcher ses lèvres de mon oreille. Sa voix ressemble à du fil barbelé enveloppé de soie quand il murmure :

— Tu aimes ce que tu vois ?

Avant que j'aie eu le temps de répondre, il me tourne vers lui. Sa mâchoire est serrée, un petit muscle se contracte près de son oreille. Il pose la main sur ma nuque et se penche, les yeux semblables à deux charbons noirs.

— Interdiction d'approcher de mon frère, ou de n'importe quel autre homme, articule-t-il. C'est compris ?

Mon cœur bondit dans ma poitrine et un frisson me parcourt la peau à la fureur meurtrière dans son regard. Pourtant, un petit diable me pousse à rétorquer :

— Sinon quoi ? Tu tueras ton frère comme tu as tué

Josh et ce type au Bali ? Ce n'était pas un accident, quand il est tombé d'une falaise avec son scooter, hein ?

Alexei resserre la main sur ma nuque, ses doigts s'enfoncent douloureusement dans ma peau et il referme son autre main sur ma hanche.

— Non.

Le mot est à peine audible à travers ses dents serrées, et il abaisse son visage jusqu'à ce que sa bouche soit à peine à un centimètre de la mienne.

— Ça n'en était pas un.

Il écrase ses lèvres sur les miennes, un baiser dur et douloureux. Il contient plus de possession que de désir, de violence que de sensualité. Pourtant, un feu familier parcourt mes veines, les braises du désir qui couve en moi s'enflamment et brûlent tout ce que je suis. Quand il lève la tête, je suis accrochée à lui, faible et essoufflée, tremblante de désir. Il respire fort, lui aussi, son expression est encore sombre, dangereusement possessive.

Il pose la main sur mon visage et presse son pouce contre mes lèvres enflées.

— C'est à moi, dit-il d'une voix rauque, animale. Et ça...

Il passe son autre main entre mes cuisses, la refermant autour de mon sexe à travers mon maillot de bain et appliquant une pression forte qui me fait hoqueter.

— C'est clairement à moi.

Avant que j'aie pu réagir à cette déclaration grossière, il me lâche et recule. Il retire son T-shirt d'un geste vif, le laisse tomber sur une chaise longue, se dirige vers l'échelle et plonge par-dessus bord avec la même agilité décontractée que son frère.

Secouée, je le regarde tandis qu'une seule pensée se forme dans ma tête.

Mon mari est un homme terrifiant.

CHAPITRE 9

ALEXEI

Presque dix minutes passent avant qu'Alina descende l'échelle à tribord pour rejoindre les vagues en contrebas. Je me tourne sur le dos et me laisse flotter tout en l'observant, un désir sombre brûlant encore en moi. Je regrette profondément notre dernier marché, la promesse que je lui ai faite de ne pas la baiser aujourd'hui. Je devrais savoir que je ne dois pas céder à ses suppliques, et pourtant voilà où nous en sommes. J'aurais au moins dû passer quelques heures dans la cabine avec elle, pour réprimer mon désir d'une autre manière, avant de venir ici.

— Tu sais que c'est ta femme, maintenant, hein ? demande Ruslan.

Il se couche sur le dos à côté de moi et se laisse flotter en bougeant paresseusement les bras.

— Pas la peine de la regarder comme un loup affamé. Tu peux l'avoir quand tu veux.

Foutu frère. Je serre les dents et réprime l'envie de

le noyer. Il a de la chance que la fraîcheur de l'eau ait atténué la jalousie chauffée à blanc qui a afflué en moi quand j'ai vu Alina le regarder d'un air admiratif. Ruslan ne tenterait jamais rien avec elle – il sait que je le tuerais, frère ou pas – malgré tout, rien qu'à l'idée qu'elle ait envie de lui, ou de n'importe quel homme autre que moi…

Je serre les dents plus fort et fais mon possible pour ignorer Ruslan, regardant Alina tester la température de l'eau avec le pied. Elle est si gracieuse, accrochée à l'échelle. Son maillot de bain une pièce me rappelle une tenue de ballerine, sans la jupe. Bien sûr, aucune ballerine n'a jamais eu cet effet sur moi. Même immergé dans les eaux fraîches du Pacifique, je suis à moitié en érection rien que de la regarder. Elle a de longues jambes et des courbes élancées, son corps est si parfait que ça devrait être illégal. Mes mains me démangent tant j'ai envie de caresser sa peau lisse, de prendre ses seins dressés et ronds dans mes mains et de sentir la moiteur soyeuse entre ses…

Merde. Pourquoi ai-je passé ce marché ridicule pour la robe ? Pourquoi ai-je accepté cette baignade ? Je pourrais être au lit avec elle, en ce moment, plutôt qu'ici avec mon connard de frère. D'un autre côté, Ruslan a raison – c'est ma femme, maintenant. Je peux l'avoir quand j'en ai envie. Qu'est-ce que quelques heures de plus, quand j'ai déjà attendu dix ans ?

— Contente-toi de sauter, lance Ruslan à Alina.

Elle retire son pied de l'eau et descend le prochain

barreau de l'échelle, immergeant ses deux pieds jusqu'aux chevilles.

— Elle n'est pas aussi froide qu'elle en a l'air.

Elle nous regarde par-dessus son épaule.

— Je sais.

Elle prend une grande inspiration, se pince le nez et se propulse de l'échelle.

Mon pouls accélère quand l'eau se referme sur sa tête. Elle sait nager, je le sais, mais elle s'est évanouie tout à l'heure. Et si elle avait encore un vertige, perdait connaissance ou... putain, je n'aurais pas dû accepter cette baignade. Je me retourne et m'élance dans l'eau avec des brassées puissantes. Il me faut quelques secondes pour la rejoindre, mais d'ici là, elle est remontée à la surface et rit, écartant ses cheveux mouillés de son visage à deux mains.

Quelque chose se serre en moi, comme si une main s'était enfoncée dans ma cage Ruslanacique pour resserrer le poing autour de mon cœur. Cette joie pure et sans fard sur son visage... ce sourire si sincère et brillant – je n'ai jamais rien vu de tel. Elle n'est plus seulement belle, mon Alinyonok est incandescente, comme un ange qui étincelle de l'intérieur. Ça me paraît mal, d'avoir envie d'elle à cet instant, presque sacrilège, et pourtant mon désir brûle encore plus fort. J'ai envie d'elle de toutes les fibres de mon être, de tous les atomes pervers de mon corps. J'ai envie d'elle, et je ne peux pas l'avoir.

Pas tant qu'on ne sera pas seuls, en tout cas.

Elle doit remarquer la frustration sombre sur mon

visage, parce qu'elle cesse de rire et m'observe avec méfiance.

— Coucou.

— Coucou.

Sans pouvoir résister, je lui prends le bras et l'attire à moi, ignorant son hoquet surpris quand son corps cogne contre le mien sous l'eau. Avant qu'elle ait pu s'écarter, je passe un bras autour de son dos fin et referme une main autour de sa mâchoire, maintenant son visage immobile pour me pencher et l'embrasser profondément, profitant de ses lèvres entrouvertes.

Elle a le goût de l'océan, ainsi que quelque chose qui n'appartient qu'à elle, un arôme salé, suave et purement sexuel. J'ai envie de la dévorer, de plonger si profondément en elle qu'elle ne pourra plus jamais se séparer de moi, mais tout ce que j'ai à cet instant, c'est ce baiser, alors j'en profite au maximum. Je passe la langue sur chaque surface soyeuse de sa bouche, je mordille ses lèvres douces et pulpeuses, j'inhale ses souffles chauds et haletants. Au fond de ma tête, j'ai bien conscience que mon frère nage non loin de là, tout en faisant des remarques sûrement sarcastiques, mais je n'en ai rien à foutre.

Elle est à moi. Enfin, après toutes ces années, elle est toute à moi.

Quand je m'oblige à m'arrêter, ses mains enserrent mes épaules et ses jambes sont enroulées autour de ma taille. La respiration courte, elle me regarde, les lèvres enflées et entrouvertes. Son rouge à lèvre écarlate a presque disparu et son mascara a coulé autour de ses yeux ensorcelants – je suis si dur que je pourrais jouir sur place. L'eau qui était si rafraîchissante sur ma peau me donne désormais l'impression de bouillir vivant. Je dois mobiliser toute ma volonté pour m'écarter d'elle, au risque de rompre ma promesse et de la prendre ici même, dans l'océan, alors que mon frère est à côté de nous et que le bateau dérive lentement.

Ruslan est anormalement silencieux quand je lâche Alina avec réticence et mets un peu de distance entre nous. Ça n'amoindrit pas l'attraction puissante qu'elle exerce sur moi, mais ça devrait suffire. Il y a peut-être des requins dans ces eaux, et même s'il y a peu de chances pour qu'ils viennent nous déranger, je refuse d'être à plus d'un mètre d'elle quand il y a le moindre risque qu'elle soit en danger.

— Je...

Elle se lèche les lèvres, écartant les bras pour rester à la surface.

— Je vais nager un peu, OK ?

Sans attendre ma réponse, elle se retourne sur le ventre et se dirige vers le yacht avec des brasses déterminées, mais inefficaces. Je la suis et reste à ses côtés. Nous faisons plusieurs longueurs autour du bateau – après quoi elle est visiblement essoufflée.

— Je crois que j'ai assez nagé pour l'instant, dit-elle en attrapant l'échelle. N'hésite pas à rester plus longtemps. On se voit plus tard.

Sur ces mots, elle se hisse hors de l'eau, exhibant ses courbes parfaites et mouillées, sa peau scintillante.

Putain. Je suis à nouveau en érection.

Je m'apprête à sortir de l'eau à sa suite, mais quand elle disparaît de mon champ de vision, je décide que quelques longueurs supplémentaires autour du bateau me permettront peut-être d'atténuer le feu qui fait rage en moi. Elle va sûrement prendre une douche, et si je la vois là-bas maintenant, je risque de briser ma promesse et de la prendre.

— Tu devrais lui apprendre à nager mieux que ça.

Je me retourne et vois Ruslan flotter près de moi.

— Bien sûr que je vais le faire.

C'est mon objectif pour ces prochaines semaines, en fait. Mon Alinyonok est une nageuse correcte, mais pas plus. Je le savais déjà après l'avoir observée pendant certaines de ses vacances à la plage, mais ses faibles compétences n'ont jamais eu d'importance, avant. Maintenant, elles en ont. Nous risquons de rester en mer un bon moment, et je dois m'assurer qu'elle pourra nager en sécurité si, malgré ma vigilance, elle passe par-dessus bord.

Mon frère me lance un regard curieux.

— Tu ne crains pas qu'elle essaie de s'échapper ?

— Elle essaiera qu'elle sache bien nager ou pas.

— Merde, lâche Ruslan en poussant un soupir, éclaboussant des gouttes d'eau autour de lui. Lyosha, tu es sûr…

— Je sais ce que je fais, le coupé-je d'un ton sec, tranchant.

On a déjà eu cette discussion une douzaine de fois, déjà, et je n'ai pas l'intention de faire machine arrière alors que je suis si près d'avoir tout ce que je désire.

Mon frère prend une expression perturbante, proche de la pitié.

— Vraiment ?

— Oui, assuré-je d'une voix tendue.

Sans attendre sa réponse, je m'éloigne avec de longues brasses furieuses.

CHAPITRE 10

ALINA

Mon cœur cogne encore dans ma poitrine quand je sors de la douche – pas à cause de l'effort de la nage, mais parce que je n'arrête pas de penser à Alexei et mes réactions ridicules, illogiques en sa présence. Pire encore, je commence à craindre que le marché qu'on a passé ce matin ne soit pas le même pour lui que pour moi. J'espérais qu'il ne me toucherait pas du tout, mais ses mots exacts étaient qu'il ne me baiserait pas, et vu la façon dont il s'est comporté après le mariage, il n'a clairement pas l'intention de se retenir de me toucher.

Je tente de me calmer, me sèche les cheveux et réapplique mon maquillage – après avoir étalé une épaisse couche de crème solaire sur ma peau pour éviter un autre supplice entre les mains d'Alexei – puis je m'habille. J'aimerais avoir de quoi m'occuper l'esprit, comme un bon jeu vidéo, mais je n'ai rien de ce genre dans la cabine. Malgré ça, je suis réticente à remonter sur le pont pour affronter Alexei et son frère. Ces deux hommes me déconcertent, bien que ce soit pour des raisons différentes.

Je m'approche du lit et m'assois, repensant à ce qu'a commencé à dire Ruslan avant qu'Alexei l'interrompe – il a mentionné qu'il nous laisserait à notre *lune de miel*. Le sous-entendu était que le frère d'Alexei s'en irait bientôt. Cela veut-il dire qu'on va accoster quelque part et le déposer ? Ou bien un hélicoptère va-t-il venir le chercher ?

Quoi qu'il en soit, ça signifie qu'on va approcher de la terre, et c'est sûrement aussi à ce moment-là qu'Alexei compte récupérer le médecin.

J'étouffe la petite pointe d'espoir qui se déploie dans ma poitrine. Alexei n'est pas assez bête pour me laisser une occasion de m'échapper aussi vite, pas après tout ce qu'il a traversé pour m'amener ici. Mais quand même... et si...

La porte de la cabine s'ouvre et Alexei entre, son short de bain trempé et ses muscles puissants ondulant sous sa peau tatouée et mouillée. Il a dû terminer sa baignade et venir aussitôt ici – ce à quoi je ne m'attendais pas.

Je déglutis et croise les jambes d'un geste aussi désinvolte que possible, m'efforçant de renvoyer l'image d'une princesse des glaces détendue et indifférente. Ce n'est pas facile. À demi-nu, Alexei est un vrai régal pour les yeux, mais quand il est à demi nu et trempé, il est à la hauteur de mes rêves érotiques les plus tordus. Ma respiration accélère et mes muscles internes se crispent, me rappelant que je suis encore endolorie et que l'eau salée n'a rien arrangé.

— Tu vas prendre ta douche ici ? m'enquiers-je en parvenant à prendre un ton à peu près normal.

Il arque un sourcil noir et moqueur.

— Pourquoi pas ?

— Tu n'as pas une autre cabine ? Celle où sont tes vêtements ?

— C'est mon bureau, répond-il, confirmant mes suppositions. Et mes vêtements ne sont là-bas que de manière temporaire. Mon acheteuse personnelle n'avait pas conscience des contraintes d'espace, ici, elle t'a acheté trop de vêtements, ne laissant pas assez de place pour les miens dans ce dressing. J'ai déjà demandé à Vika d'arranger ça en transférant une partie de tes habits dans l'autre cabine et une partie des miens ici.

Il traverse la pièce et s'arrête à côté du lit. Les yeux baissés sur moi, il déclare :

— Tu l'y aideras.

Je le fusille du regard et me relève – c'est une erreur, parce que ça nous rapproche tellement l'un de l'autre que son corps touche presque le mien. Et je dois encore me tordre le cou pour le regarder dans les yeux. Malgré tout, je refuse de me laisser intimider.

— Pourquoi je ferais ça ?

Je n'ai pas du tout envie que ses affaires se retrouvent ici.

— Parce qu'autrement, tu te retrouveras avec des vêtements que tu n'aimes pas dans le dressing le plus proche, et vice versa, répond-il avec une logique exaspérante.

— Comme si j'en avais quelque chose à faire. Je n'aime *aucun* de ces vêtements.

En fait, je n'ai pas eu l'occasion d'y jeter un œil, et le peu que j'ai vu jusqu'alors correspond à mes goûts, mais je n'ai pas l'intention de le lui dire.

— Dans ce cas-là, j'aiderai Vika moi-même.

Il étire les lèvres en un semblant de sourire moqueur, puis lève la main pour replacer une mèche de cheveux derrière mon oreille, avant de laisser glisser ses doigts repliés le long de ma mâchoire.

— Tu sais, je pense que j'aimerais te voir porter certains vêtements tout le temps… comme les bikinis et la lingerie. Ou peut-être rien du tout.

J'écarte sa main d'une tape avant qu'elle ait pu effleurer ma clavicule.

— Pourquoi m'avoir procuré un dressing rempli de tenues de marque, alors ?

— Parce que je voulais que tu sois à l'aise et que tu te sentes chez toi, ici. Mais si tu détestes tout, de toute façon…

Il hausse ses larges épaules, projetant de petites gouttes d'eau vers moi.

Je réprime l'envie pernicieuse de lécher les gouttes d'eau restantes sur sa poitrine. Au lieu de ça, je fais un pas de côté pour mettre plus de distance entre nous. D'une voix aussi glaciale que possible, je remarque :

— Tu fais couler de l'eau partout, comme un chien mouillé.

Il n'a pas l'air insulté. Ses yeux onyx pétillent d'amusement, et il étire un coin de ses lèvres en un sourire vorace.

— Tu veux venir me sécher et m'aider à me changer ?

— Je passe mon tour, répliqué-je.

Je me déteste aussitôt pour ma voix essoufflée. L'air conditionné projette de l'air frais par la ventilation et il fait presque froid dans la chambre, mais ma peau est chaude et rougie – je sais exactement qui blâmer pour ça.

Je n'ai pas encore eu l'occasion d'examiner les tatouages d'Alexei de près, et je ne peux m'empêcher d'y jeter un coup d'œil furtif. Ceux sur sa poitrine et ses bras sont une vraie œuvre d'art, chaque image se fond harmonieusement dans la suivante. Un grand nombre des tatouages individuels représentent des dragons, aux détails complexes et dessinés de manière si réaliste qu'ils semblent prêts à cracher le feu à tout moment. À chaque mouvement de ses épaules, les ailes de l'un des dragons fléchissent, comme s'il s'apprêtait à s'envoler et...

— Tu aimes ce que tu vois ? demande Alexei.

L'amusement dégouline de chaque syllabe, et je rougis encore plus.

Je m'oblige à lever les yeux vers son visage et demande :

— Pourquoi des dragons ?

Inutile de faire comme si je n'étais pas en train de le regarder.

— Sans raison particulière, répond-il. J'aimais la façon dont l'artiste les dessinait, c'est tout.

C'est si simple que ça ? Je ne sais pas pourquoi, mais j'en doute.

— Pourquoi tous ces tatouages ?

Dans notre cercle, à Moscou, même parmi ma génération, les tatouages sont encore un peu tabous – surtout ceux qui sont aussi en évidence que ceux d'Alexei. Ils sont trop associés aux prisons et aux camps de travaux forcés. Même si les pratiques professionnelles des Russes les plus riches sont souvent extralégales, ils n'aiment pas se considérer comme des criminels. Je sais que mon père n'aimait pas ça.

Alexei montre ses dents blanches en un sourire affûté, dangereux.

— Pourquoi, à ton avis, ma belle ? J'avais besoin de quelque chose pour détourner mes pensées du fait que je ne pouvais pas t'avoir.

Ma respiration se coince dans ma gorge et ma rougeur s'accroît, la chaleur se déployant sur mon cou et ma poitrine. J'ai envie de me détourner, de me cacher de son regard intense, mais mes pieds sont plantés dans le sol et toute tentative de réponse se coince dans ma gorge. Quand je parviens enfin à parler, ma voix est tendue.

— Tu aurais pu avoir quelqu'un d'autre.

— Oui, j'aurais pu.

Il s'avance vers moi, prend mes mains dans les siennes et les serre avec force le long de ses flancs.

— Je n'avais envie de personne d'autre, Alinyonok,

dit-il d'une voix basse et rauque. Je n'ai jamais eu envie de personne comme j'ai envie de toi. Et ce n'est pas juste une histoire de sexe, pour moi. Je veux te serrer dans mes bras, prendre soin de toi, te protéger…

Une ferveur sombre se met à briller dans ses yeux.

— Je veux te rendre heureuse.

Une pression brûlante et piquante s'accumule derrière mes paupières, et une boule étrange se forme dans ma gorge. À ma stupéfaction, je me rends compte que je suis à deux doigts de pleurer – et pas de peur ou de colère. Ça fait dix ans qu'Alexei est obsédé par moi, et c'est terrifiant, totalement indésirable, mais aussi… oh, putain. Je cligne rapidement des paupières pour empêcher les larmes qui me sont montées aux yeux de déborder, mais c'est ce qui arrive quand même. Les grosses larmes s'accumulent au coin de mes yeux et roulent sur mes joues, faisant à nouveau couler mon maquillage.

Pire encore, je le regarde et il le voit – cet aveu m'affecte, ses paroles m'émeuvent en dépit de toute logique, de tout bon sens. Je le déteste, vraiment, et pourtant une petite partie de moi ne peut s'empêcher d'avoir envie de ce qu'il me propose ; elle est tentée de mordre à l'hameçon même en sachant ce qui m'attend si je fais ça.

— Alinyonok…

Sa voix s'adoucit, devient plus tendre, alors même qu'une flamme féroce et dangereuse brûle dans ses yeux. Peu à peu, comme s'il craignait de me faire fuir, il abaisse la tête jusqu'à ce que ses lèvres soient près de mon oreille. Je sens son souffle chaud sur ma peau quand il murmure :

— Laisse-nous une chance. Ça va marcher, je te le promets.

Et avant que j'aie pu tourner la tête, il presse ses lèvres sur le sillon humide sur ma joue, effaçant les larmes d'un baiser et tirant sur les ficelles qu'il a accrochées en moi comme le marionnettiste qu'il est.

CHAPITRE 11

ALEXEI

Quelque chose a changé. Quelque chose n'est plus pareil entre nous. Je le sens.

Elle ne détourne pas sa joue de mes lèvres. Elle ne se raidit pas et n'essaie pas de se dégager quand je tire sur ses mains pour la rapprocher, jusqu'à ce que sa robe soit pressée contre ma peau nue et que son ventre plat enserre mon érection. Je sens le goût de sel de ses larmes, et ça me rend si dur que je tremble presque du désir de la pousser sur le lit, d'arracher sa jolie culotte fragile et de plonger profondément dans son intimité douce et humide.

Sauf que j'ai promis. J'ai promis, putain.

Alors je mobilise toutes les techniques de maîtrise de soi que j'ai appris au fil des années et je laisse glisser mes lèvres le long de sa mâchoire, léchant ses larmes exquises. Elle ferme les yeux et je la sens trembler quand j'approche de sa bouche, ces lèvres rouges et pulpeuses qui me rendent fou depuis dix ans. Sauf que je ne l'embrasse pas à cet endroit. Mon objectif est son autre joue, d'autres larmes salées et délicieuses qui m'indiquent que je commence à percer ses défenses, qu'elle écoute enfin ce que je lui dis.

Elle bat des cils quand mes lèvres effleurent ses paupières closes, et quelque chose remue en moi, une sensation étrange, puissante, qui rivalise avec le désir qui brûle dans mes veines, mon avidité sans borne pour elle, tout en les accroissant encore plus. Je lui ai dit la vérité : je veux la rendre heureuse, lui donner tout ce qu'elle a toujours voulu. Mais j'ai aussi envie de la prendre. De la consumer. D'écraser toutes ses résistances jusqu'à ce qu'elle admette qu'elle est à moi – qu'elle sera *toujours* à moi.

Je tressaille sous la force de mon désir, porte les mains à son visage et prends ses joues entre mes paumes. Elle ouvre les paupières, révélant ses yeux couleur jade, et je penche les lèvres vers les siennes, m'abreuvant d'elle et savourant son goût, la sensation de sa peau, sa sensualité luxuriante. Elle n'a jamais pu me refuser sa réaction physique – et ce n'est pas le cas cette fois encore. Quand je passe ma langue sur ses lèvres, elle les ouvre et me laisse entrer dans les recoins doux et chauds de sa bouche. Sa langue s'entremêle à la mienne, doucement, au début, comme une tendre caresse de papillon, puis de manière plus décisive, une avidité évidente. Je grogne et approfondis le baiser. Elle presse son corps contre le mien, les mains serrées contre mes flancs.

À ce niveau-là, au moins, nous sommes sur la même longueur d'onde.

Elle a envie de moi. Elle ne peut pas lutter contre ça.

Sauf qu'elle *essaie* de lutter, réalisé-je dans un sursaut. Elle a placé les mains entre nous et essaie de me repousser, et enfonce ses petites dents dans ma lèvre inférieure. Cette petite pointe de douleur est surprenante, comme quand un chaton affectueux donne soudain un coup de griffe. Je recule d'un bond et la regarde d'un air incrédule. Elle me pousse plus fort, se libère et recule en titubant.

— Tu as promis !

Des larmes scintillent comme des gouttes de pluie sur ses longs cils et elle recule, ses lèvres rouges tremblantes.

— Alexei, tu as promis, putain.

La colère m'envahit, superposée à la morsure amère de la trahison. C'est illogique, je sais, mais il y a quelques secondes, j'avais l'impression qu'on était en phase et qu'on allait enfin surmonter tous ces obstacles superflus qu'elle a érigés dans son esprit. Et voilà qu'on est revenus au point de départ, et qu'elle m'oblige à tenir une promesse que je n'aurais jamais dû faire. Une promesse que je n'avais aucune intention de rompre.

— J'ai dit que je ne te baiserai pas. Je n'ai pas promis de ne rien faire d'autre.

J'ai parlé d'un ton dur et pincé, la voix glacée alors même qu'un feu rugit en moi, mélange de désir et de fureur qui ne laisse aucune place à la raison et la patience.

Pendant onze ans, j'ai attendu, dévoré par mes pensées la concernant, par les fantasmes de ce qu'il se passerait quand elle serait enfin à moi – et elle joue encore à ses petits jeux, elle refuse toujours d'admettre la vérité.

Elle lève le menton, courageuse maintenant qu'elle a mis de l'espace entre nous.

— Tu joues sur les mots, maintenant, comme c'est charmant, lâche-t-elle d'un ton railleur. Je suppose qu'il faut bien formuler sa phrase, quand on passe un marché avec le diable.

J'esquisse un rictus, tout sauf amusé.

— Oh que oui.

Nous nous défions du regard, tendus, nos émotions instables pulsant dans l'air entre nous. La distance qui nous sépare n'est pas que physique. Je la sens dresser ses murs, relever ses défenses. Quand quelques secondes plus tôt, il n'y avait que de la tendresse, il n'y a désormais plus que de la colère. De son côté comme du mien. Je suis passé si près de ce que je veux – la voir céder et admettre ses sentiments – et ça ne fait que souligner la distance qui me sépare encore de mon but ultime. Je crois qu'une partie naïve de moi-même était convaincue que si nous avions l'occasion d'interagir pendant assez longtemps, elle comprendrait ce qui est évident pour moi depuis le début : nous sommes parfaits l'un pour l'autre. Mais ce n'est pas comme ça que ça va se passer. Loin de là.

Même si je suis son mari, elle me considère encore comme son ennemi, elle a toujours l'intention de me résister de toutes ses forces – et je commence à manquer de patience.

Cela doit se lire sur mon visage, parce qu'elle pâlit et fait un autre pas en arrière – je sens quelque chose craquer en moi.

— Et puis merde, grogné-je.

Je la rejoins en trois longues enjambées et la prends dans mes bras.

CHAPITRE 12

ALEXEI

Il fut un temps où je ne savais pas que la convoitise pouvait blesser, que le désir pouvait causer de la souffrance. Pour mon quatorzième anniversaire, mon père a payé une escort-girl haut de gamme pour qu'elle m'initie, et pendant les années qui ont suivi, le sexe est devenu mon nouveau petit plaisir presque quotidien. J'aimais les femmes plus âgées, expérimentées et très compétentes au lit. Des mannequins, des actrices, des personnalités mondaines – elles gravitaient toutes autour du pouvoir et de la richesse des Leonov. Je pouvais baiser une femme différente chaque soir, et je le faisais souvent. Les filles de mon âge m'ennuyaient, alors je ne prenais pas la peine de sortir avec elles. Pourquoi le ferais-je, quand je pouvais coucher avec n'importe quelle femme sans effort et sans m'engager à rien ? Quand la simple mention de mon nom de famille suffisait à m'assurer de tirer un coup n'importe où, n'importe quand ?

Le moi adolescent ne pouvait s'imaginer que bientôt, je ne voudrais plus qu'une seule femme. Ou plus précisément, une fille trop jeune – et plus tard, une jeune femme fragile, traumatisée – que je ne pouvais m'autoriser à prendre.

Jusqu'à maintenant.

Elle se débat dans mes bras pendant que je la porte jusqu'à notre lit, mais j'ignore ses tentatives pour m'échapper. Je penche la tête et m'empare de ses lèvres. Elle tente de tourner la tête sur le côté, de me repousser en pressant ses paumes contre mes épaules, mais je ne la laisse pas faire.

Ça suffit. J'en ai assez de la laisser jouer à ses petits jeux.

Elle entrouvre les lèvres sous la pression de mes baisers avides et ses mains agrippent instinctivement mes épaules quand je plonge ma langue dans sa bouche, attisant les flammes que je sais brûler en elle. Et en moi.

Putain, je brûle tellement pour elle.

Mon sexe est douloureux dans mon short de bain, le tissu humide est trop restrictif. Je grogne de frustration, la dépose sur le lit et me redresse pour me déshabiller.

Elle s'empresse de reculer, haletante, ses yeux de jade écarquillés.

— Alexei, s'il te plaît... dit-elle d'une voix tremblante. S'il te plaît, ne...

Elle s'étrangle sur ses mots quand j'abaisse mon short et l'écarte d'un coup de pied.

Je prends une inspiration quand l'air frais souffle sur mon sexe engorgé, soulageant un peu le désir violent qui pulse en moi. J'ai juste envie de lui écarter les jambes et de m'enfouir dans sa chaleur humide, mais ce n'est pas ce que nous allons faire aujourd'hui.

Je l'attrape par les chevilles et l'attire vers moi, ignorant ses efforts inutiles pour se dégager. Je garde une main autour de l'une de ses chevilles, esquive un coup de pied de son autre jambe et remonte sa robe pour exposer la partie inférieure de son corps à mon regard. Sa culotte est un morceau de dentelle noire qui n'est pas de taille contre mes doigts impatients. Je tire d'un coup sec et elle rejoint mon short de bain par terre pendant que je dévore des yeux ses replis roses. Ils scintillent déjà du signe révélateur de son excitation – même si elle continue d'essayer de me donner des coups de pied, même si elle fait encore comme si elle n'avait pas envie de ça.

— Ne bouge pas, grogné-je.

Je lui attrape les genoux pour la maintenir en place et m'agenouille sur le lit.

— Sinon, je romprai cette foutue promesse.

Je ne fais pas vraiment attention à ce que je dis, mais ce doit être efficace, parce qu'elle arrête de se débattre et se fige sur place, la respiration creuse. Je recourbe les mains sous ses genoux et drape ses jambes sur mes épaules, soulevant toute la partie inférieure de son corps du lit. Puis, quand son sexe est à hauteur de mon visage, je commence à me repaître.

Elle pousse un cri et ferme les yeux tandis que je

ANNA ZAIRES

passe la langue sur ses replis, léchant chaque goutte de moiteur que je peux trouver. Son goût est doux, subtilement musqué et très féminin – il me rend fou. Je la dévore comme un possédé, comme l'animal affamé que je suis. Je rêve de ça depuis des années, de son goût sur ma langue, de son odeur dans mes narines, de ses gémissements de plaisir dans mes oreilles, et enfin, on y est. J'ai envie de la consumer, de la dévorer, de la posséder de toutes les manières possibles. J'ai envie d'être aux commandes de son plaisir et de sa douleur, pour occuper toutes ses pensées comme elle occupe les miennes.

Elle rue entre mes mains, ses cris gagnent en volume, suppliques incohérentes mêlées à des gémissements saccadés pendant que j'aspire vigoureusement son clitoris, faisant jaillir plus de moiteur délicieuse sur ma langue. Elle est tout près, je le sens, alors je ralentis, la gardant au bord du précipice jusqu'à ce qu'elle soit tremblante, haletante. Mon nom est une prière hachée sur ses lèvres.

— Alexei, s'il te plaît Alexei… oh, mon Dieu !

Une satisfaction sombre afflue en moi alors même que mon corps tressaille de désir inassouvi. À cet instant, c'est *moi*, son dieu. Je suis tout, pour elle, et elle ne peut le nier. Elle ne peut pas me repousser et prétendre me détester quand ses jambes sont enroulées si fort autour de mon cou que j'arrive à peine à respirer. Elle ne peut pas me repousser quand elle se tortille contre moi dans l'attente désespérée du soulagement que je suis le seul à pouvoir lui procurer.

Je suis tenté de la torturer plus longtemps, de lui faire payer tout le tourment qu'elle m'a fait endurer, mais ma propre avidité est trop puissante pour y résister. En quelques succions sèches et rythmiques, je la fais basculer. Pendant qu'elle hoquette et frissonne de partout sous le contrecoup, je la lèche et lui couche le dos contre le lit.

Elle ouvre les yeux, les pupilles encore floues. Je fais passer sa robe par-dessus sa tête et la rejette de côté. Elle ne porte pas de soutien-gorge, réalisé-je dans un coin de ma tête tandis que j'admire ses seins ronds et pâle, ses tétons roses et durs – un spectacle qui donne l'eau à la bouche et me fait durcir encore plus. Le désir qui pulse en moi est brut et sauvage, d'une intensité violente, et je dois mobiliser toute ma volonté pour lui prendre les épaules avec délicatesse et la disposer à quatre pattes, face à moi. Elle me regarde en clignant des yeux, perplexe, et j'enroule les mains dans ses cheveux pour lui incliner la tête en arrière. C'est alors qu'elle comprend. Elle écarquille les yeux tandis que je guide mon sexe enflé vers ses lèvres entrouvertes et, avant qu'elle ait pu résister, enfonce le gland à l'intérieur.

Quand je sens sa bouche chaude et humide, tout ce qu'il me restait de maîtrise de soi s'évapore et je rue des hanches en avant, enfonçant la moitié de mon membre dans sa bouche. Elle s'étrangle et crachote, alors je me retire pour la laisser respirer, puis je m'enfonce à nouveau, plus loin, jusqu'à sentir l'arrière de sa gorge. Elle se débat, les larmes lui montent aux yeux et elle tente e repousser mon bassin d'une main, mais je ne peux me contenir plus longtemps, je ne peux plus me retenir et je commence à baiser son visage avec ferveur. Pendant une décennie, ces lèvres rouges et brillantes m'ont nargué, me promettant toutes sortes de plaisirs coupables – et elles tiennent largement leurs promesses. Ma beauté n'est pas très compétente s'agissant des fellations, loin de là, mais c'est la pipe la plus torride que j'aie jamais reçue, et son innocence fonctionne comme un aphrodisiaque.

Je suis le seul homme qui sache à quoi elle ressemble quand elle hoquette et s'étrangle sur mon sexe, et une partie très atavique de moi-même se repaît de cette idée.

Je continue de serrer ses cheveux dans mon poing et baise sa bouche comme je meurs d'envie de le faire avec son sexe – vite et fort, sans retenue. Je sais que je devrais être plus délicat, l'initier lentement, mais quelque chose de sombre et primal s'est libéré en moi et refuse de retourner dans sa cage. Implacable, j'utilise sa bouche tout en lui répétant que c'est très bien, que j'adore baiser sa gorge, que c'est agréable de sentir ses lèvres douces et pulpeuses enroulées autour de mon membre... qu'elle est sublime, avec son maquillage qui a coulé à cause des larmes et de la salive.

Elle s'étrangle encore, sa gorge convulse autour de mon sexe quand je m'enfonce en entier. Son regard devient affolé, paniqué et elle me griffe le flanc dans un besoin désespéré de respirer.

— Tout va bien, tu peux le faire, murmuré-je d'une voix rauque.

Je sais à peine ce que je dis ; l'orgasme approche, brûlant et électrique, il contracte mes testicules et recouvre mon dos de chair de poule.

— C'est bien ma chérie... oh putain !

Je jouis si violemment que ma vision se teinte alternativement de rouge et de noir, une extase torride transperce chaque cellule de mon corps et des jets de sperme jaillissent de mon sexe pour se déverser au fond de sa gorge. Le plaisir insoutenable s'éternise et quand je suis enfin vidé, je me retire de sa gorge avec réticence et la laisse s'écrouler sur le lit, haletante.

Elle tremble encore, la respiration saccadée, quand je me couche à côté d'elle et la prends dans mes bras, pressant son visage contre ma poitrine. J'ai été trop brutal, je le sais, et une partie de moi est horrifiée par ce que je viens de faire. Mais une autre partie, plus grosse, savoure la manière dont elle s'accroche à moi à cet instant. Elle a besoin de réconfort... elle a besoin de *moi*, même si je suis la cause de sa détresse.

Elle avait peut-être raison, hier, quand je lui ai dit que je ne voulais pas lui faire de mal et qu'elle m'a traité de menteur. Je ne veux pas lui faire de mal – je n'ai jamais voulu ça – mais je ne peux nier qu'une partie de moi est déterminée à détruire toutes ses résistances par tous les moyens nécessaires.

Je ne reculerai devant rien pour faire en sorte qu'elle devienne mienne.

Je l'attire un peu plus entre mes bras et lui caresse le dos jusqu'à ce que sa respiration s'apaise et que son corps se ramollisse contre le mien… jusqu'à ce que le monstre que je viens de découvrir en moi se soit calmé, satisfait de l'étreindre et d'attendre le moment où il pourra remonter à la surface.

CHAPITRE 13

ALINA

J'ai dû m'assoupir dans les bras d'Alexei, parce que quand j'ouvre les yeux et tourne la tête, le soleil pénètre dans la cabine selon un angle totalement différent. Je déglutis. Ma gorge abusée est encore à vif et je sens l'arrière-goût musqué du sperme dans ma bouche. Avec prudence, je m'écarte et lève les yeux vers le visage d'Alexei. Il a les yeux fermés, les lèvres entrouvertes, sa poitrine puissante se soulève et retombe au rythme de sa respiration égale.

Il dort.

Mon mari dort.

Mon estomac se tord à cette idée et une rougeur brûlante me recouvre les joues quand je prends conscience que nous sommes nus tous les deux, nos jambes sont entremêlées et ma peau est presque collée à la sienne. Pire encore, je me souviens avec force détails de tout ce qu'il s'est passé avant qu'on s'endorme – le plaisir incandescent qu'il m'a procuré, avant de s'emparer sauvagement du sien, me prenant comme une poupée gonflable. Et... je n'ai pas totalement détesté ça.

Non, qu'est-ce que je raconte ? Bien sûr que j'ai détesté. J'ai détesté chaque minute de cette fellation forcée, mis à part après coup, peut-être, quand il m'a serrée contre lui et que je me suis sentie légère et vaporeuse, comme si j'étais défoncée. Et je n'ai peut-être pas entièrement détesté ça, quand il a baissé ses yeux noirs de démon sur moi et m'a félicitée, sa voix grave de velours glissant dans mes oreilles comme une caresse et rendant cette invasion de ma bouche tolérable, à défaut d'être agréable.

Putain. Je crois que je n'ai pas vraiment détesté ça.

Je ferme les yeux et prends une inspiration lente et profonde, avant de les lever vers mon mari à travers mes cils. Quand ils dorment, la plupart des hommes ont l'air détendu et un peu puérils, mais pas Alexei. Ses traits demeurent anguleux et durs, la ligne de sa mâchoire est tout aussi cruelle que d'habitude. Même les demi-lunes sombres de ses cils épais n'adoucissent pas son apparence ; au contraire, elles accentuent les bords affûtés de ses pommettes.

Il a l'air sauvage et dangereux... et il l'est.

J'envisage de m'extirper avec prudence de son étreinte pour m'en aller et me cacher quelque part pendant les prochaines heures. Mais où ? Le yacht n'est pas si grand que ça. Dès qu'il se réveillera, il me trouvera – à supposer que je parvienne à me dégager sans le réveiller.

Avant que j'aie pu prendre une décision, le rythme de sa respiration s'altère et il lève les cils, révélant l'étendue noire et hypnotique de ses yeux – qui n'ont pas du tout l'air assoupis ou flous. Ne dormait-il pas vraiment ? Ou passe-t-il toujours du sommeil à l'éveil en une fraction de seconde, comme un genre de robot futuriste ?

Quelle que soit la réponse, il est bien réveillé et me regarde, effaçant toute possibilité de fuir et de se cacher.

Je déglutis encore et sens son goût au fond de ma gorge. La rougeur brûlante se répand dans mon cou et sur ma poitrine quand il étire les lèvres de manière sombre et sensuelle.

— Ta sieste a été bonne, ma belle ? demande-t-il d'une voix rendue rauque par le sommeil.

Il lève une main pour écarter mes cheveux de mon visage – ils doivent ressembler à un nid d'oiseau, songé-je avec embarras.

Globalement, je suis loin d'être belle, à cet instant, avec mon maquillage à moitié effacé et mon haleine qui sent le sperme.

— Excuse-moi, dis-je d'une voix tendue en passant les mains entre nos corps pour lui repousser les épaules. J'ai besoin d'aller à la salle de bains.

— Dans une seconde, répond-il, les yeux pétillants.

Avant que j'aie pu réagir, il referme la main dans mes cheveux et m'embrasse. Un baiser avide, profond, comme s'il n'avait pas assouvi son désir depuis des années plutôt que quelques heures.

Comme si j'étais la femme la plus sexy au monde plutôt qu'une vraie loque.

Je cède au baiser avec impuissance. Mon embarras n'est pas de taille contre l'excitation qui palpite au creux de moi. J'oublie mon besoin de me brosser les dents et de me laver le visage, le mariage dont je ne veux pas et le mari qui me l'a imposé. J'en veux plus, et quand il s'écarte enfin, je le regarde en clignant des paupières.

— Tu as encore besoin d'aller à la salle de bains, hein ?

Ah, c'est vrai. Je réprime une autre rougeur, saute du lit, attrape une robe de chambre et l'enfile tout en fonçant droit vers la destination dont j'ai prétendu avoir besoin. Et c'est tellement vrai, j'en prends conscience en me voyant dans le miroir. Je n'arrive pas à croire qu'il ait eu envie de m'embrasser quand je ressemblais à ça. J'ai des traînées de mascara noires sur les joues, mon rouge à lèvres est barbouillé et mes cheveux emmêlés à plusieurs endroits. Je ressemble à une travailleuse du sexe après une nuit difficile. Et c'est un peu ce que je suis, d'une certaine façon.

Alexei a payé un certain prix – avec du sang et des vies – pour coucher avec moi. C'est à cela que se résume ce mariage, au fond : il a droit à mon corps quand il en a envie, comme il en a envie. Et je ne peux même pas lutter.

Dégoûtée, je détourne les yeux du miroir et prends une brosse à dents. Pourquoi ne suis-je pas plus forte, avec lui ? Aurait-il toujours envie de moi s'il devait me mettre dans son lit de force à chaque fois ? Si ses mains tachées de sang me laissaient froide et indifférente, comme ça devrait être le cas ?

Furieuse, je me brosse les dents et recrache le dentifrice. Je me déteste. Vraiment. Pourquoi est-ce que je me soucie de mon apparence en sa présence ? Au contraire, je devrais faire tout mon possible pour le répugner, pour faire en sorte qu'il ne supporte pas de me toucher – puisque je suis incapable de résister à ses caresses, semble-t-il. Ce besoin de me pomponner et de me rendre désirable n'a aucun sens, compte tenu de ma situation, pourtant je ne peux empêcher mes mains de se tendre vers le sèche-cheveux et les tiroirs remplis de mes marques de maquillage préférées.

Sans ça, je me sens nue. Plus encore que quand je ne porte aucun vêtement.

Quelques minutes plus tard, mon visage et mes cheveux ont repris leur apparence normale et je me sens un peu mieux. J'ai l'impression d'avoir repris le contrôle, même si c'est une illusion. Je n'ai aucun contrôle sur cette situation, et je n'ai pas mon mot à dire sur ce qu'il m'arrive. Alexei prend toutes les décisions, ici, quel que soit le nombre de marchés que je tenterai de passer.

On frappe à la porte de la salle de bains, me tirant de mes pensées.

— Alinyonok ?

Mon cœur bondit dans ma poitrine à ce surnom affectueux, prononcé d'une voix grave et rauque.

— Oui ? dis-je tout en resserrant la ceinture de la robe de chambre autour de ma taille.

— Le dîner est prêt, annonce-t-il. Habille-toi, je te retrouve sur le pont.

Le dîner ? Combien de temps j'ai dormi ? Je n'ai repéré d'horloge nulle part, je n'ai donc aucune idée de l'heure qu'il est. En fait, je n'ai pas la moindre idée du temps qui a passé depuis qu'il m'a enlevée à ma famille. Deux jours ? Plus ? Mes frères doivent devenir fous en ce moment ; ils ont dû déployer toutes les ressources à leur disposition pour nous retrouver.

Une douleur sourde et pulsante se forme à l'arrière de mon crâne, une pression aussi forte qu'un étau qui m'enserre les tempes. Je grimace, l'appréhension emplissant mon ventre. C'est le début d'une migraine, et une grosse, pas un simple mal de tête provoqué par le stress comme celui qui a menacé de m'envahir ce matin avant le petit déjeuner. Je reconnais ces prémices insidieuses, et je ne peux m'empêcher de me demander pourquoi ça m'arrive maintenant, et pas hier ou avant le mariage, quand j'étais bien plus anxieuse concernant mon sort. Je le suis encore, et ce qu'il s'est passé après ma baignade m'a prouvé qu'une grossesse n'était pas la seule chose à craindre, dans le lit d'Alexei – où je me retrouverai sans le moindre doute après ce dîner.

— Alina ? appelle-t-il d'un ton différent. Réponds-moi.

Je suis tirée de la paralysie qui m'avait saisie et m'avance vers la porte pour la déverrouiller avant qu'il décide de l'enfoncer.

— Je vais bien, dis-je en ouvrant.

Un vague de nausée dément mes paroles quand la douleur sous mon crâne s'intensifie à ce geste brusque.

Il me prend les bras et rive ses yeux sombres sur moi.

— Tu es pâle.

Il arrive à voir ça malgré tout le maquillage ? Je n'ai pas dû aussi bien l'appliquer que je le croyais.

— Je... commencé-je avant de ravaler une autre vague de nausée. J'ai une de mes migraines, c'est tout.

Il pousse un juron grave et dur.

— Dans ce cas, tu dois te coucher.

Avant que j'aie pu protester et lui dire que je n'ai pas envie de retourner au lit, il me soulève et m'y emporte. Il me dépose sur la couverture avec autant de prudence que si mes os étaient des allumettes, puis il se dirige vers la porte et sort dans le couloir.

Ce n'est qu'après son départ que je me rends compte qu'il a quitté la cabine nu comme un ver.

CHAPITRE 14

ALEXEI

Qu'est-ce que tu fous ? s'exclame Ruslan quand je fais irruption dans mon bureau.

J'ouvre le tiroir supérieur de mon bureau, derrière lequel il est assis avec son ordinateur portable.

— Tu n'as pas oublié quelque chose... comme un pantalon, par exemple ?

— J'ai besoin des médicaments d'Alina, dis-je d'un ton tendu tout en prenant les pilules et une bouteille d'eau. Et du vaudou à l'aiguille de Vika. Dis-lui d'amener tout ce dont elle a besoin dans notre cabine.

Tout en parlant, je me dirige vers le placard et attrape le premier jean que je trouve – ne serait-ce que pour faire taire mon frère.

Ruslan prend un ton plus sérieux.

— Alina a l'une de ses migraines ?

— Oui.

Elle ne faisait pas semblant. Son visage avait ce teint pâle, un peu verdâtre dont je me souviens pour l'avoir vu à la fête d'anniversaire de ses dix-huit ans.

— Merde, lâche Ruslan en se levant. Ça craint. J'espérais...

— Moi aussi.

Je sors du bureau et retourne dans la chambre où j'ai laissé Alina. Au fil des années, j'ai consulté de nombreux médecins pour en apprendre plus sur sa maladie, mais ils ne pouvaient pas me dire grand-chose sans voir la patiente et passer un tas d'examens – même si je leur ai envoyé tous ses rapports médicaux auxquels j'avais accès. Ces derniers étaient étonnamment pauvres. Elle n'a vu que deux médecins différents pour ses migraines, quand elles ont commencé à apparaître, et c'était surtout pour obtenir des anti-douleurs qui l'assomment presque.

C'est comme si elle n'avait pas envie d'aller mieux.

Mais c'est ce que je veux, moi. Je veux qu'elle soit en bonne santé, et je ferai tout ce qu'il faudra pour ça. La boîte de pilules dans ma main est le médicament contre les migraines le plus puissant du marché. Je me le suis procuré auprès d'un neurologue à Moscou. Quand nous serons rentrés à la maison, je l'emmènerai le voir pour une évaluation complète, mais en attendant, ça devrait écarter le plus gros de la douleur. Je ne crois pas qu'elle ait déjà tenté ce médicament – il ne lui a jamais été prescrit officiellement, en tout cas, d'après son dossier. Et bien sûr, il y a toujours Vika.

En parlant d'elle, j'entends le pas rapide de ma

cheffe cuisinière et quand je me retourne, je la vois traverser le couloir dans ma direction, un gros sac noir style mallette dans les mains.

— Tu es prête ? demandé-je.

Elle hoche la tête, ses yeux noirs sérieux.

— OK. Allons-y.

J'ouvre la porte de la cabine et entre, Vika sur les talons. Alina est sur le lit, vêtue de l'une de ses robes de chambre et une serviette humide sur le front. Je m'en veux de ne pas lui avoir procuré cette dernière avant de partir. C'est une erreur que je ne ferai plus.

Je traverse la pièce pour déposer les pilules et la bouteille d'eau sur la table de chevet, puis je me perche au bord du lit, à côté de ma femme.

— C'est déjà aussi grave ? demandé-je doucement, d'une voix basse et apaisante.

Je sais d'expérience que les bruits et les maux de tête ne vont pas ensemble – même si les miens n'ont jamais été aussi invalidants que les siens.

Alina fait un petit signe de tête saccadé, les lèvres pincées. Je claque des doigts à l'attention de Vika, qui est en train de faire le tour de la cabine pour fermer les rideaux et occulter les derniers rayons du soleil de début de soirée. Elle se précipite vers moi tandis que je fais tomber deux pilules dans ma paume.

— Avale ça, dis-je à Alina.

Je retire la serviette et passe un bras autour de son dos fin pour la soulever délicatement en position à moitié assise.

Elle me regarde en clignant des paupières comme une chouette.

— Qu'est-ce que c'est ?

— Des médicaments pour les migraines. Ouvre la bouche.

Elle hésite, avant de décider de me faire confiance. Elle obéit et ouvre la bouche. Je dépose les pilules sur sa langue avant de lui tendre la bouteille d'eau. Quand elle les a avalées, je la repose sur l'oreiller et me tourne vers Vika, qui a déjà ouvert son sac et étalé ses aiguilles au pied du lit.

— Qu'est-ce que c'est que ça ? demande Alina avec méfiance en se hissant sur les coudes pour suivre mon regard.

— Je me suis formée auprès des meilleurs spécialistes de la Chine, explique Vika d'une voix douce en venant se placer à côté de moi, quelques aiguilles dans la main. Si vous me le permettez…

Alina me lance un regard hésitant.

— Je suppose…

— Laisse-la essayer, conseillé-je. Ça ne fera pas mal.

Je ne crois pas aux méridiens, au chi et à toutes ces conneries, mais les aiguilles de Vika ont fait des merveilles pour mes maux de tête causés par la tension, ainsi que certaines vieilles blessures de mes hommes. Je ne saurai jamais dans quelle mesure il s'agit d'un effet placebo, mais de mon point de vue, tant que ça marche, c'est tout ce qui compte.

— Couchez-vous et détendez-vous, l'encourage Vika. Vous ne le sentirez même pas, c'est promis.

Alina a l'air sceptique, mais elle obéit et Vika se met au travail. Quelques minutes plus tard, ma femme ressemble à une pelote d'épingles – bien qu'elle soit toujours sublime. Ma poitrine se contracte quand je la vois grimacer, sûrement sous le coup d'une pointe de douleur particulièrement forte dans sa tête. Je prends sa main dans la mienne et caresse l'intérieur de son poignet avec mon pouce pour détourner son attention. J'aimerais pouvoir en faire plus. J'aimerais être couché là à souffrir à sa place. Si seulement…

— Là, murmure Vika en reculant. Attendons quelques minutes, maintenant. Ne bougez pas, d'accord ?

— D'accord, marmonne Alina.

Elle ferme les yeux et je sens la tension dans sa main s'apaiser un peu pendant que je continue de caresser son poignet.

— Revenez les enlever bientôt, s'il vous plaît, ajoute-t-elle.

— Oui, bien sûr.

En quelques pas rapides, Vika s'en va, refermant délicatement la porte derrière elle.

Chapitre 15

Alina

C'est très lent, graduel, puis tout semble se passer d'un seul coup. La nausée disparaît et le martellement violent dans mon crâne se dissipe. Les lances de douleur sont remplacées par une pulsation de tension dans mes tempes. Et tout du long, je sens ses caresses ; sa main, si grande et chaude, le bout calleux et rugueux de son pouce qui dessine des cercles sur mon poignet, m'apaisant et me détendant, faisant fuir la douleur.

Est-ce l'effet du médicament ? Des fines aiguilles qui m'ont transformée en porc-épic ? Ou peut-être est-ce grâce à la manière hypnotique dont il caresse mon poignet, me réchauffant de l'intérieur et dissolvant le nœud d'angoisse dans mon ventre – qui s'est formé quand je me suis mise à imaginer mes frères en train de nous chercher, réalisé-je dans un sursaut.

— Tu te sens mieux ? demande Alexei d'une voix douce.

J'ouvre les yeux, bien contente qu'il ait interrompu mes pensées. Je n'ai pas envie de me demander pourquoi l'idée d'être secourue a déclenché cette migraine, alors que par le passé, le seul déclencheur était ma peur de lui appartenir.

— Oui, beaucoup mieux, admets-je. Combien de temps a passé ?

Il sourit, et pour une fois, l'incurvation cynique de ses lèvres n'exprime qu'un plaisir chaleureux.

— Environ dix minutes. C'est trop tôt pour que les médicaments aient fait effet, alors ce doit être grâce aux talents pointus de Vika. Au sens propre.

Ou grâce à tes caresses magiques.

Mais je ne le dis pas. Je ne peux pas. Au lieu de ça, j'émets un rire faible à son jeu de mots et ferme les yeux, espérant qu'il va continuer ses caresses sur mon poignet – et c'est ce qu'il fait.

Bientôt, la pulsation sourde des derniers résidus de migraine s'apaise aussi et je commence à m'assoupir.

— J'ai oublié de préciser… les médicaments vont peut-être te rendre somnolente, murmure Alexei.

Il déplace son pouce pour me masser la paume et je pousse un soupir satisfait en sentant qu'on retire les aiguilles de ma tête.

Vika est-elle revenue ? Je ne l'ai pas entendue entrer. Elle a peut-être acquis des talents de ninja, en Chine, en plus d'apprendre l'acupuncture. Non, une seconde, c'est au Japon, ça…

———

Quand je me réveille, je sens des lèvres chaudes effleurer mes paupières.

Est-ce que je rêve ? J'ai envie que ce soit un rêve…

— C'est l'heure du petit déjeuner, la marmotte, murmure la voix grave d'Alexei dans mon oreille.

Une joue piquante se frotte contre ma mâchoire et il dépose un baiser doux et délicat sur ma tempe.

Ce n'est donc pas un rêve. Pas le genre que je suis habituée à faire, en tout cas. D'habitude, les rêves qui impliquent Alexei sont bien plus sombres… et plus érotiques. Avec réticence, j'ouvre les yeux et vois mon mari penché sur moi, un tendre sourire sur les lèvres.

Je cille, m'attendant à ce que la courbe de ses lèvres s'étire de cette manière cruelle et sardonique familière, mais la tendresse demeure, tout comme la chaleur dans ses yeux onyx.

Ne pouvant le supporter plus longtemps, je détourne la tête et me racle la gorge.

— Tu as parlé d'un petit déjeuner ?

— Hum hum.

Il dépose un autre baiser doux et tendre sur mon front, et mon cœur se met à battre de manière erratique.

— Tu as dormi pendant environ quatorze heures et tu as sauté le dîner, alors je voulais m'assurer que tu avales quelque chose avant qu'on se retrouve dans la même situation qu'hier.

Il prend ma joue dans sa main pour m'obliger à le regarder dans les yeux.

— Comment tu te sens ? Tu as encore mal à la tête, la nausée ou des vertiges ?

— Je... non.

Je suis stupéfaite d'avoir dormi aussi longtemps, mais mis à part ça, je me sens parfaitement bien. J'ai peut-être même un peu faim.

Comme en réponse à cette pensée, mon estomac gargouille bruyamment.

OK, j'ai *très* faim – et je suis très gênée, surtout après avoir vu le sourire sur le visage d'Alexei.

Je me redresse et fais mon possible pour ignorer la rougeur qui recouvre sans le moindre doute mon visage.

— Ça m'a tout l'air d'une bonne idée. Laisse-moi juste le temps de me préparer.

— OK.

Il sourit encore, et le coin de ses yeux sombres est plissé.

— On se voit sur le pont dans quelques minutes.

Il dépose un autre baiser sur mon front et sort de la pièce.

———

J'ACCOMPLIS MA ROUTINE MATINALE EN UN TEMPS record – parce que j'ai faim, et pas du tout parce que je suis pressée de voir Alexei. Pendant que je me sèche les cheveux, je me demande une nouvelle fois pourquoi je prends la peine de me faire belle pour un homme que je n'ai pas envie de séduire. Mais mes mains fonctionnent sur pilote automatique, elles appliquent du rouge à lèvres et du mascara, avant de m'enfiler un soutien-gorge et un string en dentelle assortis. Je sors ensuite une robe en soie bleu ciel et une paire de sandales à talon couleur chair du placard.

Quand je sors sur le pont, Alexei se tient près du bastingage à tribord et parle avec Ruslan. Quand il entend mes pas, il se tourne vers moi, et même si je l'ai vu moins d'une demi-heure plus tôt, ma bouche devient sèche sous l'impact de sa présence.

Il a remis ses vêtements noirs habituels, ce matin – un autre T-shirt noir et un jean sombre. Avec la brise qui repousse ses cheveux noirs en arrière et le soleil qui souligne le motif complexe des tatouages qui ornent ses bras puissants, il ressemble à un pirate moderne, un seigneur des mers féroce.

Je suis si concentrée sur lui que je n'ai qu'une vague conscience de son frère, pendant qu'ils viennent tous les deux vers moi. Mon cœur cogne contre ma cage Ruslanacique et j'ai l'impression que mon visage est brûlant malgré l'épaisse couche de crème solaire que j'ai appliquée sous mon maquillage. Sans la moindre raison, je repense à ce qu'il m'a fait au lit hier – et je songe qu'aujourd'hui, aucun marché ne l'empêche de prendre ce qu'il veut.

De faire de moi tout ce qu'il veut.

Je déglutis et fais mon possible pour avoir l'air calme quand il s'arrête devant moi, Ruslan à ses côtés.

— Tu es belle, Alinyonok, dit mon mari d'une voix douce, les yeux pétillants.

Comme si je n'avais pas entendu une version de ce compliment un million de fois déjà, de la part de toutes sortes de personnes, une drôle de chaleur envahit ma poitrine – une sensation semblable à celle que j'ai éprouvée ce matin en sa présence.

C'est une chaleur qui est entremêlée à la tension qui emplit mon entrejambe, tout en étant séparée d'elle. Il se penche et dépose un baiser possessif sur mes lèvres.

— Je devine que tu te sens mieux, dit Ruslan d'un ton amusé quand Alexei se redresse.

Je cligne des paupières et prends enfin totalement conscience de sa présence.

— Oui, beaucoup mieux, dis-je en parvenant à lui adresser un sourire détendu. Merci.

Il esquisse un sourire aux dents blanches et affûtées en retour.

— Je suis soulagé de l'entendre. On peut manger, maintenant, s'il vous plaît ? Je meurs de faim.

Sans attendre de réponse, il se dirige vers la table sous le surplomb et nous le suivons, Alexei et moi. Pendant qu'on marche, Alexei pose sa paume au creux de mon dos, provoquant un chatouillis brûlant le long de mon dos que je fais de mon mieux pour ignorer.

Dès que nous sommes assis, Vika apparaît avec un chariot couvert de toutes sortes de plats. J'opte pour un kasha au sarrasin avec des fruits, comme d'habitude, tandis que les hommes recouvrent leur assiette d'omelette de homard, de crevettes et de légumes grillés. Je les observe en plissant le nez. Des plats aussi riches et salés aussi tôt le matin… malgré ma faim, rien que l'idée de manger ça me retourne l'estomac.

— Qu'est-ce qu'il y a ? demande Alexei en rivant aussitôt ses yeux sombres sur moi.

C'est comme s'il avait un sixième sens, avec moi.

— Rien, dis-je en posant ma cuillère. J'ai juste un peu la nausée, c'est tout. Sûrement un effet indésirable des médicaments d'hier.

— Peut-être, admet Alexei. La prochaine fois, on essaiera d'abord les aiguilles de Vika. Ou mieux encore, Vika pourra travailler avec toi de manière préventive, pour essayer d'empêcher que ces migraines surviennent.

Il se remet à manger et moi aussi, en faisant mon possible pour ne pas humer l'arôme prononcé des œufs et des fruits de mer. Ça me fait saliver, mais pas de manière positive.

— Alors, comment va Slava ? demande Ruslan.

Je lève la tête vers lui et cligne des paupières, perplexe, avant de me souvenir qu'il est l'oncle de cet enfant, lui aussi, tout comme Alexei.

Je trouve toujours ça bizarre qu'Alexei et moi ayons le même lien familial avec le fils de Nikolai – comme Ruslan.

— Il va bien, dis-je avec prudence tout en prenant un verre de jus d'orange.

Je ne pense pas que Ruslan soit ravi que ma famille ait enlevé son neveu – même si Nikolai avait tous les droits de faire ça, en tant que père de Slava.

— Il grandit. Il apprend l'anglais.

— Alexei m'a dit qu'il s'était beaucoup attaché à ton frère et sa nouvelle femme, dit Ruslan. Ça lui arrive de parler de nous ? Est-ce qu'on lui manque ?

Je jette un coup d'œil à Alexei, qui m'observe avec attention. Il doit vouloir connaître la réponse, lui aussi.

— Il... n'a pas dit grand-chose pendant un bon moment, admets-je. Je crois qu'entre la mort de sa mère et la période qu'il a fallu pour apprendre à nous connaître, ça faisait beaucoup à encaisser, pour un enfant aussi jeune.

Je me mords la lèvre et regarde les deux frères tour à tour.

— Vous étiez proches de lui, tous les deux ?

— Pas autant qu'on l'aurait voulu, répond Alexei. Quand Ksenia est tombée enceinte, elle a déménagé à Krasnodar pour vivre avec la sœur de notre mère. On les voyait à peine, Slava et elle, mis à part pendant les vacances.

Il pince les lèvres.

— Maintenant, je me rends compte que c'était sûrement parce qu'elle craignait qu'on comprenne qui était le père de Slava, si on passait trop de temps avec lui.

— Vous n'avez jamais soupçonné ma famille ? demandé-je, et Ruslan secoue la tête.

— En y réfléchissant, la ressemblance de Slava avec tes frères aurait dû nous mettre la puce à l'oreille, mais aucun de nous n'a jamais envisagé cette possibilité, explique-t-il avec une grimace. Pour ce qu'on en savait, Ksenia n'avait jamais rencontré aucun Molotov. Quand elle est tombée enceinte, elle a dit que c'était après un coup d'un soir et qu'elle ne voulait pas qu'on cherche à en savoir plus, parce qu'elle n'avait aucune envie de se mettre avec le type en question – alors on a laissé tomber.

— Ce qui était une erreur, comme je te l'ai dit, lâche Alexei d'un ton lugubre. Si on avait insisté plus, ou fait un test ADN, au moins…

— On a respecté les souhaits de notre sœur, rétorque Ruslan. Comme toute famille devrait le faire.

Les deux hommes se fusillent du regard. Apparemment, j'ai réveillé une vieille dispute par inadvertance. Je devrais sûrement faire machine arrière, changer de sujet, mais quelque chose de téméraire au fond de moi me pousse à insister.

— Et votre père ? m'enquiers-je. Il s'entendait bien avec Slava ?

Je regarde Alexei en posant cette question, et je vois tout son corps se raidir, son visage devenir impassible.

— Il le connaissait à peine, répond Ruslan d'un ton plat.

Quand je reporte mon attention sur lui, il arbore le même visage indéchiffrable que son frère.

— En tout cas, ils ne passaient pas beaucoup de temps ensemble avant la mort de Ksenia.

Je bois une gorgée de jus d'orange et m'accorde un instant pour digérer tout ça. Il y a tant de choses que je ne connais pas au sujet de mon mari et sa famille, et le peu que je sais n'a rien de rassurant. J'ai grandi auprès d'hommes implacables, mais Boris Leonov, le père d'Alexei et Ruslan, est dans une tout autre catégorie, d'après les rumeurs. J'ai entendu dire qu'il avait assassiné des familles entières, torturé ses ennemis de manière horrible – et si ça fait l'objet de murmures dans nos cercles, ce n'est sûrement que la partie émergée de l'iceberg.

Je n'imagine pas un homme comme ça être tendre avec un enfant – et en voyant la façon dont Slava se comportait avec Nikolai, au début, fermé sur lui-même et effrayé, ça a suscité beaucoup de soupçons chez nous.

— Pourquoi Slava est-il parti vivre avec votre père, dans ce cas ? demandé-je.

Même si j'ai fait de mon mieux pour garder une voix égale, ma question sonne comme une accusation.

— Personne d'autre n'aurait pu l'accueillir après l'accident de Ksenia ?

Comme l'un de ses oncles, par exemple – même si rien ne garantit qu'ils auraient été attentionnés avec l'enfant. Slava n'a pas eu l'air effrayé par son *Oncle Lyosha* durant la confrontation armée entre Alexei et mon frère, mais je ne peux pas tirer de conclusions sur leurs relations en me basant sur cette brève interaction.

Si je ne l'avais pas scruté avec attention, je l'aurais peut-être manqué – un éclat si froid et sombre sur le visage dénué d'expression d'Alexei que mon sang se glace dans mes veines.

— Notre père est mourant, répond-il d'une voix égale. Cancer du pancréas, comme tu en as peut-être entendu parler.

Je cille. Je ne savais pas. Pourquoi aurais-je…

— Tes frères le savent. Ils ont piraté son dossier d'hôpital, dit Alexei, répondant à ma question silencieuse.

Une étincelle passe dans ses yeux.

— Ils ne t'ont rien dit ?

Je secoue la tête, stupéfaite. Depuis combien de temps sont-ils au courant ? Et pourquoi ne pas me l'avoir dit ? À moins que… à moins que mes frères m'aient encore une fois traitée comme une enfant, tentant de me protéger du moindre stress – comme quand ils ne m'ont pas dit qu'Alexei était aux États-Unis et nous cherchait, Slava et moi. Ils se disaient sûrement que tout ce qui avait un rapport avec les Leonov risquait de déclencher une autre de mes migraines.

— Je… je suis désolée, articulé-je sur pilote automatique.

Alexei aboie un rire rauque.

— Non, tu ne l'es pas.

Il a raison. Je ne le suis pas. Si quelqu'un mérite son sort, c'est bien Boris Leonov. Raison pour laquelle cette drôle de douleur dans ma poitrine n'a aucun sens.

— Alors c'est pour ça que Slava…

— Est allé vivre avec lui après la mort de Ksenia ? termine Ruslan.

La même lueur dure brille dans ses yeux gris.

— Tu as deviné. C'était la dernière volonté de mon père : apprendre à connaître son petit-fils.

— Une volonté qu'on n'aurait jamais dû lui accorder, ajoute Alexei d'un ton laconique.

Mon regard passe d'un frère à l'autre et je me rends compte que je ne suis pas la seule à penser que Boris Leonov mérite de souffrir.

Ça se lit clairement sur le visage d'Alexei et de Ruslan.

J'ai envie d'insister, de découvrir pourquoi ils ressentent ça, mais ils ne répondront pas à mes questions, je le sens. Si l'expression des deux hommes était fermée avant, ce n'était rien comparé à maintenant – leurs traits sont aussi durs et froids que s'ils avaient été sculptés dans la glace. En particulier ceux d'Alexei.

— Combien de temps il reste à votre père ? demandé-je à demi-voix en regardant mon mari.

Je ne devrais pas avoir de la compassion pour lui, mais c'est bien ce qu'est cette douleur dans ma poitrine. Je la reconnais, maintenant, cette peine sourde et pincée qui me rappelle ce que j'ai éprouvé quand j'ai appris l'accident fatal de Ksenia.

C'est comme si le deuil d'Alexei, sa souffrance étaient les miens – et dans le cas de son père, c'est aussi le cas pour sa colère noire sous-jacente.

La même que je ressens à chaque fois que je pense à *mon* père.

— Quelques semaines, répond Ruslan avant qu'Alexei en ait l'occasion. Peut-être moins. Le cancer s'est déjà répandu dans tous ses organes vitaux. Les médecins disent que c'est un miracle qu'il soit encore en vie.

Mon regard reste rivé sur Alexei pendant que Ruslan parle et je le vois se raidir de manière presque imperceptible à cette dernière phrase. Ma poitrine se serre un peu plus. Boris Leonov a beau être un monstre, il n'en reste pas moins le père d'Alexei – tout comme le monstre qui m'a engendrée est le mien.

Malgré tout ce qu'il s'est passé, aujourd'hui encore, une petite partie de moi se languit du papa de mon enfance, l'homme qui m'a un jour portée sur ses épaules et acheté un gâteau d'anniversaire quand Maman avait refusé. Ces souvenirs, aussi fragmentés soient-ils, brillent avec force dans mon esprit – surtout sachant que le reste du temps, mon père était juste indifférent à ma présence, au mieux.

— Je suis désolée, répété-je, et je le pense vraiment, cette fois.

Je ne sais pas si Alexei possède ces mêmes rares souvenirs flamboyants avec *son* père, mais quelque chose me dit que oui.

Il est fort probable que s'agissant de nos familles et de leur caractère détraqué, nous ayons beaucoup en commun.

À ces mots, quelque chose passe sur le visage d'Alexei et son masque dur, sans expression se fissure un instant.

— Merci, Alinyonok, dit-il doucement.

Il pose une main sur la mienne, me recouvrant de sa chaleur et de sa force... ainsi que de l'illusion réconfortante que nous sommes faits pour être ensemble.

Sauf que ce n'est pas le cas. Ça n'a jamais été le cas.

Il s'est incrusté dans ma vie par la ruse et la force, et il s'apprête à faire bien pire.

Malgré tout ce que me souffle mon instinct, je retire ma main de la sienne, ignorant la crispation de son visage, comme s'il avait reçu un coup – la douleur dans ma poitrine s'accentue quand je perds sa chaleur. Alexei n'a pas besoin de ma compassion. Ce besoin de le réconforter, d'apaiser sa peine, est à la fois irrationnel et dangereux. Ce n'est pas parce que nos familles sont tordues et que je comprends ce qu'il traverse que nous sommes faits l'un pour l'autre. Ça ne suffit pas pour que je lui pardonne toutes les atrocités qu'il a commises… et tout ce qu'il compte encore faire.

— Vous savez quoi ? Je suis déjà repu, murmure Ruslan en se levant. Transmettez mes compliments à Vika. Tout était délicieux, comme toujours.

Ni Alexei ni moi ne répondons. L'air entre nous pulse d'une tension renouvelée – qui ne fait que s'intensifier quand Ruslan s'en va, nous laissant assis à table, les yeux rivés l'un sur l'autre.

— Pourquoi ? demande Alexei.

Ses lèvres ont à peine bougé, sa voix est grave et emplie d'une fureur à peine contenue.

— Pourquoi tu refuses de nous laisser une chance ?

— Parce que tu n'es pas ce que je veux.

C'est la vérité, mais aussi en partie un mensonge – et quand je m'en rends compte, ça me pousse à aller plus loin, à le frapper plus fort, même si c'est inconsidéré.

— Toi, mon père, mes frères... vous êtes tous pareils. Vous prenez ce que vous voulez sans égard pour qui que ce soit d'autre, sans aucune considération pour le coût à payer ou les conséquences.

Son visage s'assombrit dangereusement pendant que je parle, mais je suis allée trop loin pour m'arrêter maintenant.

— Tu as manipulé ma famille pour les pousser à accepter ces fiançailles tordues quand je n'étais qu'une enfant, et puis tu m'as épiée pendant dix ans. Tu as tué tous les hommes qui avaient eu l'infortune de me trouver attirante, et tu as assassiné Dieu sait combien de gardes de mon frère. Tu m'as obligée à entrer dans ton lit et à t'épouser. Et tu t'attends à ce que je t'accepte les bras ouverts ?

— Oui.

Cette réponse franche et intransigeante me heurte comme une boule de démolition. Toute trace de tendresse s'est évanouie de son regard noir comme la nuit. C'est le harceleur terrifiant de mes cauchemars qui me regarde à cet instant, le démon qui a régné en maître sur ma vie depuis notre rencontre fatidique il y a onze ans. Ses yeux brillent comme des charbons dans une cheminée quand il se penche vers moi et lâche d'une voix égale :

— C'est exactement à ça que je m'attends, ma belle. Et c'est exactement ce qu'il va se passer... à compter d'aujourd'hui.

CHAPITRE 16

ALEXEI

Elle me regarde d'un air défiant, la définition même de la bravoure avec son menton levé, mais je décèle la peur sous-jacente. Elle a peur de moi, de ce que je compte lui faire.

Je déteste ça. Ça ne me plaît pas que ça doive se passer comme ça entre nous, je déteste ça presque autant que les mots qu'elle m'a balancés au visage – d'autant plus que rien de ce qu'elle a dit n'est faux. Je suis *bien* un connard impitoyable qui prend tout ce qu'il veut, et dès l'instant où je l'ai vue, c'est elle que j'ai voulu. Et malgré tous ses efforts pour le nier, elle a eu envie de moi aussi.

— Termine ton assiette, dis-je pendant qu'elle m'observe, ses yeux de jade énormes sur son visage pâle. Tu auras besoin d'énergie.

Sa gorge tressaute quand elle déglutit.

— Je n'ai pas faim.

— Mange ou je t'attache avant de te donner la béquée.

Ses narines se dilatent, mais elle prend sa cuillère. Son bol de grechka est presque plein – elle a à peine mangé quelques bouchées. Je la regarde manger lentement, avec réticence, les yeux baissés.

J'aurais peut-être dû lui donner la béquée. Dieu sait qu'on a tous les deux aimé ça, la dernière fois.

Je parie que si elle était enchaînée à mon lit, on apprécierait encore plus.

Le sang afflue dans mon sexe à cette pensée, l'excitation se mêlant à la colère qui bourdonne en moi. Avant Alina, je ne pensais pas être attiré par ce genre de trucs – tirer un bon coup brutal a toujours suffi pour me satisfaire – mais je ne peux nier que j'aime utiliser brutalement sa bouche, ainsi que sa façon de s'accrocher à moi après coup. Je ne peux pas nier non plus qu'au fil des années, mes fantasmes la concernant sont devenus de plus en plus sombres. C'est comme si ma frustration de ne pas avoir pu l'avoir pendant si longtemps avait entaché ce qui n'était autrefois que du désir simple et sans complication, le transformant en besoin compulsif de dominer et posséder, d'écraser toutes ses résistances jusqu'à ce qu'elle soit totalement à moi.

J'ai fait tout mon possible pour combattre ces pulsions, mais c'est fini. Malgré tous mes efforts pour me montrer patient et accommodant, elle me considère toujours comme un monstre, alors autant me comporter comme tel.

Rien d'autre n'a fonctionné.

J'attends que son bol soit vide et qu'elle ait bu quelques gorgées supplémentaires de son jus d'orange avant de me lever et de m'avancer vers sa chaise.

— Debout, lâché-je d'une voix dure tout en tirant sa chaise. Allons-y.

Elle se lève lentement, le visage pâle, et me lance un regard suppliant.

— Alexei...

Je l'attrape par le coude.

— Marche ou je te porte.

Je l'entends prendre une brusque inspiration, la sens chercher un moyen de retarder l'inévitable, et ma résolution se raffermit. Je me suis montré patient et compréhensif, et ça ne m'a mené nulle part. À chaque fois que j'ai cédé à ses suppliques, je l'ai regretté – et elle aussi.

À bien y réfléchir, j'aurais dû surmonter mes scrupules concernant sa jeunesse et la prendre quand elle avait quinze ans, pour la faire mienne de toutes les manières possibles sauf physiquement. Oui, j'aurais dû l'enlever à sa famille et ça aurait sûrement déclenché une guerre avec les Molotov, mais c'est ce qui a fini par se passer de toute façon, on a juste gaspillé dix ans.

— Alexei, s'il te plaît.

Sa voix tremble tandis que je lui fais descendre les marches.

— C'est encore le matin. Ça ne peut pas attendre ? Je... j'ai encore mal à la tête.

— Dans ce cas, quelques orgasmes te feront peut-être du bien.

Elle ment au sujet des maux de tête, bien sûr ; elle m'a assuré qu'elle allait bien moins d'une heure plus tôt. Je ne suis pas surpris, mais étrangement déçu qu'elle utilise sa vraie maladie en guise d'excuse cliché. Quoi qu'il en soit, ça ne fonctionnera pas. Je resserre les doigts autour de son coude quand elle trébuche sur la dernière marche, puis je l'attire dans le couloir en direction de la cabine, ignorant ses tentatives pour enfoncer les talons dans le sol.

J'ouvre la porte, la traîne à l'intérieur et referme derrière nous. Ce n'est qu'à ce moment-là que je la lâche. Elle recule aussitôt, la poitrine se soulevant avec force.

— Alexei... dit-elle d'une voix suppliante, désespérée. Ne fais pas ça, s'il te plaît.

— Quoi ? Faire l'amour à ma femme ?

— L'amour ? répète-t-elle avec un rire sec, amer. C'est ce que c'est, pour toi ?

Ses paroles me coupent comme un hachoir. Est-ce de l'amour ? Je n'y avais jamais réfléchi de cette manière. De l'obsession, du désir, du besoin, une pulsion... il est plus facile d'accoler ces mots-là au brouet de sorcière qui bout au fond de moi. Mais c'est peut-être aussi la définition de l'amour, ce désir constant et dévorant à cause duquel je suis incapable d'imaginer ma vie sans elle.

Même si ça n'a aucune importance, pour elle. Elle n'éprouve pas la même chose. Mais ça va venir. Quand elle aura mon enfant dans le ventre, elle n'aura d'autre choix que d'accepter qu'elle m'appartient. Mais d'abord, je dois m'assurer que ça arrive, et je ne peux plus retarder les choses.

Sans plus de cérémonie, je commence à me déshabiller. Mes gestes sont méthodiques, délibérés. Elle doit savoir que je ne suis pas un animal motivé par le désir, mais un homme avec un objectif en tête – qui ne se laissera pas fléchir malgré toutes ses supplications. Je ne dis pas que le désir n'entre pas en ligne de compte. J'ai envie d'elle avec une intensité qui m'effraie. Mais j'ai le contrôle de la situation, même si ça ne tient qu'à un fil.

Elle se fige sur place et me regarde pendant que je me débarrasse de mes vêtements et les jette sur une chaise toute proche. Elle ouvre les lèvres comme si elle voulait dire quelque chose, mais aucun mot ne sort de sa gorge. À la place, elle déglutit et sort la langue pour humidifier sa lèvre inférieure, discrètement, tout en rivant les yeux sur mon érection saillante.

Mes testicules se contractent sous un afflux de désir si intense qu'il me coupe le souffle. Quand j'arrive à nouveau à parler, ma voix est rauque, gutturale.

— Retire ta robe.

Elle lève les yeux vers les miens.

— Non, répond-elle d'une voix tremblante. Je… je refuse.

Un rire rocailleux s'échappe de ma gorge.

— Tu veux vraiment jouer à ça, ma belle ?

Elle recule d'un pas de plus.

— Ce n'est pas un jeu. Je veux que tu me laisses tranquille.

— Tu sais bien que ça n'arrivera pas.

J'ai parlé d'un ton doux, presque tendre, malgré l'avidité qui fait rage en moi. Parce que *c'est* un jeu, dans lequel elle veut que je joue le méchant. Et aujourd'hui, je suis ravi de pouvoir lui rendre ce service.

Je tords les lèvres en un sourire sombre et m'avance vers elle d'un pas lent et déterminé. Elle ravale sa salive et parcourt la pièce des yeux comme si elle cherchait un endroit où fuir. Il n'y en a aucun, bien sûr. La cabine n'est pas petite, mais elle n'est pas immense non plus, et la seule sortie est derrière moi. Même si, par miracle, elle arrivait à me dépasser, nous sommes sur un bateau au beau milieu de l'océan.

Elle doit arriver à la même conclusion, parce qu'elle reporte son attention sur mon visage, l'air résigné, mais encore défiant.

— Je vais te détester pour ça, me prévient-elle.

Je lâche un rire sinistre et m'arrête devant elle.

— Ce n'est pas déjà le cas ?

— Pas comme ça. Je vais…

— Tu me donneras les détails plus tard.

Puis je referme les doigts autour du corsage de sa jolie robe et la déchire en deux.

CHAPITRE 17

ALINA

Je hoquette et lève vivement les mains à la violence de son geste, mais la robe est déjà fichue. Elle tombe au sol dans une flaque de soie bleu ciel et je ne porte plus rien d'autre que mon string et mon soutien-gorge, ainsi que mes sandales à talon. Mon premier réflexe est de reculer d'un bond, mais il l'a anticipé. Il me prend les poignets, m'attire vers lui avec une poigne de fer, un sourire railleur toujours sur les lèvres.

— Tu aurais dû la retirer quand je te l'ai demandé, Alinyonok, dit-il comme un parent qui sermonne un enfant. On ne dispose pas d'un stock de robes infini, ici, tu sais.

— Alors arrête de les déchirer !

Je me rends compte trop tard que j'ai mordu à l'hameçon. Je prends une inspiration tremblante, tentant d'ignorer les battements furieux de mon cœur et la façon dont ses doigts enserrent mes poignets comme des menottes en fer. Je garde les coudes pliés et la partie inférieure de mon corps touche presque son sexe en érection.

— Je te l'ai dit, je ne veux pas…

Il m'interrompt d'un baiser. Ses lèvres sont rugueuses, sa langue presque violente quand il s'introduit de force dans ma bouche, pourtant l'excitation submerge mon corps, durcissant mes tétons et ramollissant mon intimité. Je dois mobiliser toute ma volonté pour ne pas fondre contre lui. Au lieu de ça, je commence à me débattre de toutes mes forces, luttant contre la déferlante de désir qui menace de m'accabler. Je me bats plus contre moi-même que contre lui.

C'est un combat que je suis vouée à perdre, mais je tire quand même une certaine satisfaction de la façon dont il sursaute quand j'enfonce mes dents dans sa lèvre inférieure et sens le goût cuivré du sang. C'est *son* sang, et pas le mien, cette fois. J'éprouve un plaisir sombre et profond à cette idée. Je l'ai marqué tout comme il m'a marquée, j'ai percé sa chair comme il a percé la mienne. Je ne lui ai peut-être pas volé sa virginité, mais j'ai laissé mon empreinte sur son corps, même si cette morsure ne laisse pas de cicatrice.

Obéissant à une drôle d'impulsion, j'aspire sa lèvre blessée dans ma bouche pour faire sortir un peu plus de cette saveur métallique. Il émet un grognement venu du fond de sa gorge, me lâche les poignets pour poser une main sur ma nuque et l'autre sur mes fesses, m'attirant tout contre son énorme érection et enfonçant les dents dans *ma* lèvre inférieure. Je profite de ma liberté retrouvée pour lui griffer le dos tout en enroulant la jambe gauche autour de sa hanche, frottant mon clitoris douloureux contre son membre, poussée par un désir brûlant qui défie l'entendement. La dentelle fragile de mon string est le seul obstacle entre nos corps nus, et elle est déjà trempée, imbibée de la preuve de mon désir. Dans d'autres circonstances, je serais mortifiée, mais il n'y a pas de place pour la gêne dans le brasier érotique qui me consume. Déjà, la tension s'accumule entre mes jambes, chaque déhanchement de hanches pour frotter mon clitoris contre son sexe me rapproche du précipice tandis que nos bouches sont engagées dans un combat de dents, de langues et de lèvres. Le même combat que celui qui oppose nos corps.

Il ne peut y avoir qu'un seul gagnant, et ce n'est pas moi.

À moins que si. Peut-être que le plaisir incandescent qui afflue dans mes terminaisons nerveuses est une victoire, et pas une défaite, songé-je vaguement. Mes muscles internes se contractent et se relâchent en une cascade de sensations qui provoque des picotements dans mon dos tandis que j'enfonce les doigts dans les muscles épais de ses épaules. D'une certaine façon, je lui ai volé son orgasme, je l'ai pris avant qu'il ait pu me l'infliger de force. Je me suis servi de son corps comme d'un…

Il tire soudain sur mon string, le déchirant, et je suis tirée d'un coup de mon brouillard de plaisir pour être projetée dans la réalité. Avec un hoquet, je m'écarte de son baiser dévorant et laisse retomber ma jambe, puis je repousse ses épaules de toutes mes forces quand la situation pénètre mon cerveau saturé de sérotonine et que je prends conscience de ce qu'on est en train de faire. Mais c'est trop tard. Il me pousse contre le mur et m'agrippe les cuisses pour me soulever et les écarter.

Avant que j'aie pu prononcer un seul mot, le gland lisse et large de son sexe se presse contre mes replis trempés et s'introduit de force dans mon corps. Il n'est pas brutal, mais il n'est pas délicat non plus et tout l'air s'échappe de mes poumons dans un cri étranglé quand son membre épais m'étire au maximum. Je suis encore endolorie après la dernière fois, peu habituée à son envergure massive, et j'enfonce les ongles dans sa peau quand il s'interrompt à mi-chemin et presse son front contre ma tête. Sa respiration rauque est bien audible et tous les muscles de son corps puissant vibrent sous l'effort nécessaire pour rester immobile.

— Tu vas bien ? demande-t-il d'une voix rauque et tendue. Est-ce que je te fais mal ?

Oui ! Arrête ! C'est ce que j'aurais dû dire, mais pour une raison inconnue, c'est un autre mot qui s'échappe de ma gorge, essoufflé et balbutiant.

— N... non.

J'ai aussitôt envie de revenir en arrière, mais je n'en ai pas l'occasion. Je suis agrippée à ses épaules et je sens le frisson qui lui parcourt le dos. Il relâche sa maîtrise de soi rigide et commence à pistonner des hanches. Son sexe dur m'empale si profondément que tout l'air s'échappe de mes poumons. L'espace d'une seconde, je suis étirée de manière insupportable, mais il se retire pour m'empaler à nouveau, frotte son pelvis contre le mien, et la douleur se dissipe. L'inconfort se transforme en contraction familière, une tension douce et insoutenable qui s'intensifie chaque fois qu'il s'enfonce en moi.

— Putain, articule-t-il d'une voix rauque contre mes cheveux. C'est si bon.

Chaque mot est ponctué par un coup de reins profond et brutal qui me redresse un peu plus contre le mur et me tire un gémissement grave de la gorge.

Bon n'est pas le mot. Quand il impose un rythme brusque et déterminé, j'ai l'impression que je vais mourir, comme s'il allait me baiser jusqu'à la crise cardiaque. Mes yeux roulent dans mes orbites et je ferme les paupières tandis que mon esprit se vide jusqu'à ce qu'il ne reste plus que les sensations violentes qui secouent mon corps. Je sais que quelque chose ne va pas, dans tout ça, que je devrais me débattre, mais je n'arrive pas à me souvenir pourquoi. Il n'y a plus qu'Alexei qui empale ma chair et m'emplit si profondément que je ne me sentirai plus jamais complète sans lui.

L'orgasme grandit en moi comme un flot de lave s'écoulant sous une pression immense. Il m'emplit de chaleur jusqu'à ce que j'atteigne le point de non-retour. Jusqu'à ce que j'explose et vole en un millier d'éclats. Son nom me vient aux lèvres dans un cri étranglé et mes muscles internes se contractent autour de lui, massant son sexe pendant qu'il me pilonne de plus en plus vite et fort. Il va jouir aussi, d'une seconde à l'autre, je le sens, et quelque part au fond de ma tête, la voix de la raison intervient, d'abord doucement, puis de plus en plus fort, avec plus d'insistance.

J'ouvre vivement les yeux en me souvenant de ce que je ne peux permettre.

— Arrête !

Ma supplique est faible, essoufflée, et il ne m'entend pas, ou bien il m'ignore. Je réessaie, agrippant ses cheveux pour rejeter sa tête en arrière.

— Alexei, s'il te plaît... ne jouis pas en moi !

Il croise mon regard. Les orbes sombres et brillants de ses yeux sont sauvages, dénués de compréhension. Il est allé trop loin pour s'arrêter maintenant, même s'il en avait envie. C'est alors qu'un éclat de compréhension passe sur son visage crispé, et son rythme ralentit.

Je pousse un soupir soulagé et relâche ses cheveux.

Il m'a entendue.

Il va s'arrêter.

Il...

Il contracte la mâchoire, son regard devient aussi dur qu'un joyau et il plonge en moi si profondément que je pousse un cri quand il heurte mon col de l'utérus. Son regard soutient encore le mien quand il tressaille de la tête aux pieds et, enfoui au plus profond de moi, se met à jouir.

CHAPITRE 18

ALEXEI

À chaque fois que j'ai cédé aux supplices d'Alina, je l'ai regretté. Et je l'aurais regretté cette fois encore – ou c'est ce que je me dis tandis que je l'écoute pleurer après l'une des expériences les plus incroyables de toute ma vie. Je la serre dans mes bras, mais ça n'a pas d'importance. Le gouffre entre nous est énorme, insurmontable. Même si elle est nue dans mes bras, son visage mouillé enfoui contre ma poitrine, elle pourrait tout aussi bien être enfermée dans le domaine de son frère, à un millier de kilomètres d'ici. Inatteignable. Intouchable.

Elle pleure en silence, sans mélodrame ou accusation, et pourtant chaque larme qui tombe sur ma peau me brûle comme de la cire chaude. Ma poitrine est lourde et serrée, chaque inspiration me demande un effort.

Je ne pensais pas que ce serait comme ça.

Je ne savais pas que son malheur me ferait l'effet d'un couteau à beurre me coupant en petits morceaux.

Arrête, m'a-t-elle demandé, et je ne l'ai pas fait. Parce qu'à cet instant, je n'avais qu'une envie : l'emplir de ma semence, l'entraver à moi de la manière la plus primitive possible. C'est ce que j'ai décidé, ce qui sera le mieux pour nous deux. Alors pourquoi ai-je l'impression d'avoir merdé ? Comme si je venais de casser quelque chose de beau et fragile ? Il n'y avait rien à casser. Elle avait déjà affirmé qu'elle me détestait. Et pourtant... je ferme les yeux, écoute ses reniflements discrets, et quand elle repousse ma poitrine pour se dégager, je la laisse faire.

Elle prend sa robe de chambre et fonce dans la salle de bains. Je regarde sa silhouette fine disparaître à l'intérieur, tous les muscles de mon corps tendus malgré l'orgasme bouleversant que je viens de connaître. J'ai envie de m'élancer après elle, de lui dire... quoi ? Qu'est-ce que je pourrais bien lui dire ?

Que je ne recommencerai pas ?

Ce serait un mensonge.

Que je suis désolé ?

Elle me rirait au nez.

Bordel de merde.

Je roule sur le flanc et donne un coup de poing dans un oreiller.

Ça ne suffit pas. J'ai besoin de quelque chose de plus dur. Ou de *quelqu'un.*

C'est ça. Je saute sur mes pieds et enfile mon pantalon avant de sortir à grands pas de la cabine.

Ruslan aurait dû être rentré à la maison, maintenant, mais puisqu'il est encore là, autant qu'il serve à quelque chose.

Je le trouve dans sa cabine, en train de faire une sieste. Quand j'entre, il bâille et se redresse en se frottant le visage.

Je lui jette un jean.

— Debout.

Son expression s'affûte et toute trace de sommeil s'évanouit de son visage.

— Qu'est-ce qu'il s'est passé ?

Il saute du lit et enfile le jean sans prendre la peine de mettre de sous-vêtements. Comme moi, il dort nu.

— Est-ce que…

— Sur le pont. Maintenant.

Je me retourne et me dirige vers l'escalier. Quelques secondes plus tard, Ruslan me rattrape et nous montons ensemble.

Il a dû déceler ma mauvaise humeur, parce qu'il ne me pose pas d'autre question, et quand nous atteignons le pont, il se met aussitôt en position défensive, les poings levés pour protéger son visage tandis que je porte le premier coup.

Nous nous battons en silence, ne grognant que lorsque l'autre touche sa cible. Il est midi et le soleil cogne au-dessus de nos têtes, mais aucun de nous ne s'en soucie. Nous sommes habitués à nous battre que les températures soient négatives ou la chaleur accablante, qu'il pleuve ou qu'il neige, sur des toits ou avec de la boue jusqu'aux genoux.

L'une des seules bonnes choses que mon père a faites pour nous, c'est quand il a embauché des soldats Spetznaz pour nous entraîner à partir de la maternelle. Je n'aimais pas ça, les premières années, mais maintenant, un bon combat brutal est l'une des meilleures manières de conserver mon équilibre mental, avec d'autres formes d'effort physique. C'est aussi comme ça que j'ai pu supporter toutes ces années à attendre ma femme sans devenir dingue.

C'est assez ironique, que j'aie encore besoin d'un exutoire maintenant que je l'aie.

J'en ai même besoin plus que jamais.

— Alors, qu'est-ce qu'il s'est passé ? demande Ruslan pendant qu'on savoure une bière froide sous le surplomb.

On a évité au maximum de se frapper au visage, mais il va être courbaturé sous le cou, et moi aussi. Par contre, la pression lourde dans ma poitrine a disparu pour l'instant, remplacée par une ivresse d'après-combat purifiante.

— Ce ne sont pas tes oignons, répliqué-je en pressant la bouteille froide contre mon visage trempé de sueur.

Je n'ai aucune intention de lui parler de mes problèmes avec ma femme. Il ne ferait que me rappeler qu'il m'avait prévenu.

Il ne lâche pas le morceau.

— C'est Alina ? insiste-t-il.

Je serre les dents quand la tension dont je m'étais

débarrassé s'infiltre à nouveau en moi, me faisant tasser les épaules.

— Elle a fait quelque chose ? Dit quelque chose ?

Et puis merde. J'incline la bouteille pour vider le reste de ma bière, puis je la pose sur la table avec un bruit sec.

— Merci pour l'exercice.

Si je ne m'en vais pas maintenant, on va se lancer dans une deuxième manche, et elle ne se terminera pas par des bières froides.

———

QUAND JE REVIENS DANS LA CABINE APRÈS M'ÊTRE RINCÉ et changé dans mon bureau, j'entends l'eau de la douche couler. Alina est encore dans la salle de bains au bout de – je fronce les sourcils et jette un coup d'œil à mon téléphone – presque une heure. Qu'est-ce qu'elle fout là-dedans ? Je suis tenté de frapper et d'exiger qu'elle m'ouvre la porte, mais je me souviens alors de ses larmes silencieuses.

Merde.

Je me passe une main sur le visage, regrettant de ne pouvoir effacer ce souvenir de mon cerveau. Pas le sexe – je compte bien sauvegarder ces images pour toujours – mais le contrecoup. La culpabilité sourde et illogique qui palpitait au fond de ma poitrine. Et il y a autre chose, un drôle de malaise que je n'arrive pas à comprendre – maintenant que j'y pense, il n'est même pas directement lié aux larmes d'Alina.

C'est comme si on tirait sur une ficelle dans un coin de mon esprit, la faisant vibrer de manière discordante. J'ai parfois cette sensation quand il y a du danger. C'est ça ? Est-ce que j'ai négligé quelque chose quand j'ai récupéré Alina dans le domaine de Nikolai ? Ai-je laissé derrière moi un indice qui mènera ses frères jusqu'à nous ?

Bordel.

Je laisse Alina à sa douche méga-longue, tourne les talons et retourne dans mon bureau.

Je n'ai pas peur des Molotov. Même si Alina et moi étions à Moscou, exposés aux yeux de tous, ils ne pourraient pas me la reprendre. Mais il y aurait des effusions de sang. Beaucoup, et ce n'est pas ce dont j'ai envie alors que mon mariage est si récent. C'est déjà assez grave que j'aie dû recourir à la violence pour récupérer ma fiancée et honorer notre accord. Ce dont Alina et moi avons besoin, maintenant, c'est d'un peu de temps pour nous, une longue lune de miel paisible lors de laquelle nous apprendrons à mieux nous connaître sans l'interférence de sa famille, surtout sachant qu'elle ne le verrait pas d'un bon œil, si je tuais un membre de ladite famille.

C'est pour ça que j'ai choisi ce yacht comme endroit où me cacher pendant un moment – mais le plan ne fonctionne que si ses frères n'arrivent pas à nous trouver.

On n'est pas à Moscou ou dans un autre de nos bastions, je n'ai pas les ressources nécessaires pour affronter l'armée qu'ils déploieraient.

Je me connecte à mon ordinateur et envoie un message à notre équipe de sécurité à Moscou. Ils gardent un œil sur les Molotov, si les frères d'Alina tentaient quoi que ce soit, je devrais le savoir vite. Je demande aussi à nos hackers de bien vérifier qu'aucun article, aucune piste n'est trouvable en ligne qui relie ce bateau à nous ou qui trahisse notre emplacement. Puis je tapote des doigts sur mon bureau et passe en revue tous mes souvenirs de l'attaque du domaine de Nikolai, m'efforçant de trouver ce qui a pu générer cette sensation déstabilisante.

Personne ne s'est assez approché de moi pour me coller un traceur. Alina n'en a pas sur elle non plus, j'ai examiné chaque centimètre carré de sa peau pendant qu'elle était inconsciente et j'ai aussi passé un scanner le long de son corps pour être sûr. Je me suis débarrassé de ses vêtements et de tout ce qui pourrait cacher un localisateur GPS.

Alors qu'est-ce que c'est ? Pourquoi j'ai l'impression d'avoir un laser de sniper sur le front ?

Je me renfonce sur ma chaise et pousse un soupir frustré.

Qu'est-ce que j'ai oublié, putain ?

Rien ne me vient à l'esprit, alors je me lève et retourne dans la chambre où, avec un peu de chance, ma femme a fini sa douche.

CHAPITRE 19

ALINA

Je suis encore recroquevillée sur le sol carrelé de la douche, les genoux relevés contre ma poitrine, quand l'eau passe de brûlante à une chaleur modérée, puis à peine tiède. Une sensation désagréable, alors je me lève et coupe l'eau avant qu'elle devienne froide.

Je suppose que j'ai dépassé les limites du chauffe-eau de ce yacht.

La bonne nouvelle, c'est que j'ai réussi à arrêter de pleurer. La mauvaise : j'ai encore envie de me frotter de l'intérieur avec de l'eau de Javel, même si je sais que ce serait futile. Si les spermatozoïdes d'Alexei lui ressemblent un tant soit peu, ils ont déjà atteint leur destination et sont en train d'attraper au lasso mes pauvres ovules pour les pousser à une union dont ils n'ont pas envie.

Qu'est-ce qu'il m'a pris de lui céder ? De participer si ardemment, si délibérément à ma propre

ANNA ZAIRES

destruction ? Jusqu'au dernier moment, en tout cas, quand j'ai recouvré assez de santé mentale pour lui dire non – et il m'a ignorée, bien sûr.

Il a satisfait ses desseins me concernant, c'est évident. Pourquoi ai-je cru pouvoir le faire hésiter avec une supplique de dernière seconde ? J'aurais été bien plus persuasive si je n'avais pas joui sur son sexe juste avant.

Mon visage devient brûlant tandis que j'enroule une serviette autour de mon corps, avant de me tourner vers le miroir. Je déteste la femme qui me rend mon regard, avec ses yeux rouges et enflés, sa peau marbrée. J'ai envie d'effacer son existence, alors c'est ce que je fais, la repeignant avec du fond de teint, du mascara, du rouge à lèvres – tout ce qu'il faudra pour couvrir l'épave qu'elle est au-dessous. Je passe ensuite au sèche-cheveux et au fer à lisser. Quand mes cheveux sont secs et lisses, je me sens à peu près moi-même, bien qu'encore un peu tremblante.

Alexei est assis sur le lit quand je sors de la salle de bains. Je ne porte qu'une serviette et son regard brûlant ne m'aide pas à garder pied. J'ai à la fois envie de le gifler et de courir me cacher.

Pour sa défense, il n'a pas l'air suffisant. Au lieu de ça, son expression est fermée, ses yeux indéchiffrables mis à part la chaleur qui scintille dans leurs profondeurs sombres.

Je l'ignore, me dirige vers le dressing et attrape la première robe qui me tombe sous la main – qui se trouve

158

être une robe d'été en coton jaune vif qui ne reflète pas du tout mon humeur. Du tulle noir serait bien plus approprié, mais je n'ai pas envie de prendre le risque qu'Alexei entre dans le dressing derrière moi, alors je me satisfais du premier truc que je trouve. Et parce que je ne peux pas m'en empêcher, j'enfile une paire de sandales compensées blanches, bien plus décontractées que ce que je porte d'habitude, mais assorties au style estival de la robe. J'accompagne le tout d'un collier de perles et de petites boucles d'oreilles ornées d'une perle, parce que pourquoi pas ? Faisons comme si nous étions des amoureux allant au pique-nique de l'église.

Quand je ressors, il s'est levé, une silhouette haute, sombre et imposante qui rend mes paumes moites et fait battre mon cœur plus fort.

Bon Dieu, ce que je le déteste. Vraiment.

Je lève le menton aussi haut que je peux et tente de le dépasser.

Il m'attrape par le coude et m'oblige à me tourner vers lui.

— Tu vas bien ?

Sa voix grave est douce, sérieuse, il scrute mon visage avec attention.

Si je ne le connaissais pas mieux, je pourrais penser qu'il est inquiet.

— Qu'est-ce que ça peut te faire ? rétorqué-je en tentant de me dégager de sa poigne. Tu as eu ce que tu voulais. Laisse-moi tranquille, maintenant.

Il ne me lâche pas. Il étrécit les yeux et étire les

lèvres en ce sourire sombre et moqueur que j'en suis venue à bien connaître.

— Tu sais que je ne peux pas, Alinyonok. Si je le pouvais, je l'aurais fait depuis longtemps.

Je ne peux pas contester sa logique tordue.

Je ferme les yeux, vaincue, et quand je les rouvre, il m'a lâché le coude pour prendre ma main dans sa grande paume.

— Et si on montait sur le pont ? suggère-t-il avec un sourire plus doux. Il est censé pleuvoir plus tard dans l'après-midi, c'est notre chance de profiter du soleil.

J'esquisse un sourire sans joie qui montre mes dents.

— Tu n'as pas peur que je finisse calcinée ?

— Oh, je vais te couvrir de crème solaire, ne t'en fais pas.

Mon estomac se serre, une sensation étrange, presque nauséeuse.

Non. Je ne peux pas être excitée maintenant. Pas après la manière horrible dont il vient de me traiter. Je devrais être répugnée rien qu'à l'idée qu'il pose les mains sur moi, mais apparemment, mon corps est d'un autre avis.

Mais j'ai peut-être juste mangé quelque chose qui ne passe pas, peut-être que c'est vraiment une nausée.

Je retire ma main de la sienne.

— Je m'appliquerai de la crème solaire toute seule, merci beaucoup.

Sans attendre sa réponse, je retourne dans la salle de bains et recouvre chaque centimètre carré de ma peau exposée d'une épaisse couche blanche, que je fais exprès de ne pas imprégner totalement pour qu'il la voie. J'en mets même sur mon visage, même si j'ai envie de grimacer quand je vois mon apparence ensuite – je ressemble au fantôme d'une geisha.

La crème solaire minérale et le maquillage ne font pas bon ménage.

Je réprime l'envie de tout retirer et de me remaquiller, retourne dans la chambre et vois Alexei hocher la tête d'un air approbateur.

— Où est la tienne ? m'enquiers-je juste pour l'embêter.

Je me fiche qu'il attrape un cancer de la peau, vraiment.

Il hausse les épaules de cette manière typiquement masculine.

— Je n'en ai pas besoin. Ma peau est plus sombre, alors…

— Alors ça te donne un SPF de protection cinq, maximum, et l'index UV est sûrement au-dessus de dix en ce moment, rétorqué-je en croisant les bras sur ma poitrine. Je ne monte pas si tu n'es pas couvert aussi.

Il hausse les sourcils, un sourire sur les lèvres.

— Tu te comportes déjà comme une épouse, hein ?

Qu'il aille se faire foutre. Il peut aller griller au soleil jusqu'à finir en cendres, pour ce que ça peut me faire. En fait, j'espère qu'il aura un cancer de la peau et mourra. J'espère que ça arrivera demain, pour que je puisse jeter son corps brûlé par le soleil par-dessus bord et offrir un barbecue d'humain aux requins. Ou mieux encore…

— OK, je vais le faire, répond-il, interrompant mes fantasmes sanguinaires.

À ma stupéfaction, il part dans la salle de bains.

Quand il ressort une minute plus tard, son visage, son cou et ses bras ont une teinte blanche distincte qui est bien plus visible sur sa peau bronzée et tatouée. Il a aussi des taches blanches sur le col de son T-shirt noir. Tout ça devrait lui donner l'air ridicule, mais ce n'est pas le cas.

Il reste l'homme le plus sexy et dangereux que j'aie jamais vu.

Je détourne les yeux avec effort.

— Laisse-moi aller chercher un chapeau et des lunettes de soleil.

J'entre dans le dressing, attrape les objets en question – un chapeau de paille à large bord et une paire de lunettes de soleil trop grandes – avant de me diriger vers la porte. Il me suit, m'emboîtant le pas sans mal tandis que nous sortons dans le couloir. Nous marchons en silence, et je ne peux m'empêcher de lui lancer des coups d'œil furtifs pendant qu'on monte les marches. Pour une fois, il n'est pas concentré sur moi avec son intensité habituelle. Au lieu de ça, il semble perdu dans ses pensées, ses sourcils sombres un peu froncés.

Il s'est passé quelque chose ? Si oui, quand ? Comment ?

Je suis rongée par la curiosité, mais je garde mes

questions pour moi. Je n'ai pas envie d'entamer une conversation avec lui, de faire comme si tout était pardonné et oublié. Parce que ce n'est pas le cas. Ce qu'il m'a fait aujourd'hui est pire que de faire irruption dans le domaine de Nikolai pour me kidnapper. C'est pire encore que d'avoir arrangé nos fiançailles, même si je ne comprends pas bien pourquoi.

Non, je ne lui parlerai pas tant que je peux faire autrement. Je ne peux peut-être pas lui refuser mon corps, mais j'ai encore le contrôle de mon esprit.

— Vous voilà, les tourtereaux, lance une voix traînante et familière quand nous sortons sur le pont.

Je me retourne et vois Ruslan grimper en haut de l'échelle côté tribord. Il doit revenir d'une baignade dans l'océan, parce qu'il est trempé et ne porte qu'un short de bain.

Un petit diable a dû prendre possession de moi, parce que soudain, je trouve un moyen parfait de me venger d'Alexei. Je regarde le torse nu de Ruslan sans réserve et me lèche les lèvres comme si elles étaient sèches. C'est un beau torse, c'est sûr, mais il suscite le même niveau de réaction qu'une statue de marbre, chez moi. Mais mon mari ne le sait pas. Il est extrêmement jaloux et possessif, et si je le connais un peu...

— Plonge. Maintenant, grogne-t-il à son frère d'un ton ne souffrant aucun argument.

Puis il m'attrape le bras et me tourne vers lui.

— Quoi ? demandé-je d'une voix innocente.

Je bats des cils pour faire bonne mesure tandis

qu'un bruit d'éclaboussure me parvient aux oreilles. Je suppose que Ruslan sait quand il doit faire ce qu'on lui dit.

— Qu'est-ce qu'il t'arrive ? continué-je du même ton perplexe.

Je ne sais vraiment pas pourquoi j'essaie de provoquer mon nouveau mari. Je me souviens de sa réaction terrifiante, la dernière fois qu'il a cru que j'accordais trop d'attention à Ruslan, et je n'ai pas envie d'y être à nouveau soumise. Mais en même temps, je veux riposter contre Alexei, lui faire éprouver au moins une fraction du désespoir qu'il m'a fait ressentir.

Son visage est aussi sombre que la nuit, ses narines se dilatent et il me dévisage. Avec fatalisme, j'attends qu'il me dise que je lui appartiens, que je ne dois poser les yeux sur aucun homme à part lui. J'attends qu'il me prouve sa domination sur moi de la manière la plus primitive imaginable, mais il ne fait rien de tout ça. À la place, il prend une grande inspiration, puis une autre, et me lâche le bras.

— Arrête, dit-il d'une voix égale. Ne fais pas ça.

Je cille, trop stupéfaite pour dire quoi que ce soit. Il va sous le surplomb et prépare deux chaises longues, les tournant à l'opposé de l'éclat du soleil. Comme s'il avait été invoqué par télépathie, Larson apparaît avec deux boissons givrées et fruitées, qu'il dépose sur la petite table entre les deux chaises.

— Merci, lui dit Alexei.

Il retire son T-shirt et s'étend sur l'une des chaises

longues ; Larson répond d'un signe de tête avant de disparaître pour reprendre ses trucs de capitaine.

Je suis l'exemple d'Alexei et fais mon possible pour ne pas poser les yeux sur son torse nu pendant que je m'installe confortablement sur ma chaise. J'ai vu et senti chaque centimètre carré du corps dur d'Alexei, maintenant, je ne devrais pas le trouver aussi fascinant. Mais il l'est, à en croire la pulsation de chaleur entre mes cuisses, en tout cas. Je croise les jambes et fais de mon mieux pour les presser l'une contre l'autre, puis je ferme les yeux, parce que ça vaut mieux comme ça, ne serait-ce que pour m'empêcher de reluquer tous ces muscles et ces tatouages.

Alexei est silencieux à côté de moi, seul le son des vagues qui heurtent la coque rompt le silence. Quand je lui jette un coup d'œil de sous mes cils, je découvre qu'il a fermé les yeux aussi, même si ses sourcils sont toujours froncés.

Je n'ai aucune intention de lui adresser la parole, mais quand je le vois comme ça, à faire semblant d'être détendu alors qu'il est tout aussi tendu que moi, je suis incapable de garder le silence.

— Tu t'en fous que je n'aie pas envie de ça ?

J'ai parlé d'une voix basse et amère. Je ne sais pas pourquoi j'aborde le sujet alors que la réponse est évidente – il s'en fout – mais ma langue semble avoir acquis une volonté propre.

Il ouvre les yeux et se hisse sur les coudes, tournant la tête vers moi.

— Et de quoi as-tu envie ? s'enquiert-il avec une curiosité sincère dans les yeux.

— Que tu me laisses tranquille !

Il balaie cette réponse d'un geste bref et dédaigneux, comme si ce que je disais était absurde.

— Quels sont tes objectifs dans la vie ? Ou tes objectifs de carrière, au moins ? Si tu étais totalement libre, qu'est-ce que tu ferais ?

Je le regarde, déconcertée un instant par la question. Personne ne m'a encore jamais demandé ça. Compte tenu de l'héritage qui m'attend, je n'aurai pas besoin de lever le petit doigt ou d'être productive de quelque manière que ce soit, et personne ne s'attend à ce que je le fasse, pas même mes frères. Aux yeux du monde, je suis une personnalité mondaine, un membre de la société joli, mais inutile, et à un certain niveau, j'ai accepté ce rôle. J'ai focalisé toute mon énergie sur mes efforts pour ne *pas* être quelque chose – la femme d'Alexei. Et pourtant, il y a bien un truc que j'ai toujours voulu, un rêve d'enfant que je n'ai confié qu'à Konstantin.

— Je… commencé-je avant de m'humecter les lèvres. Je créerais des jeux vidéo, je suppose.

— Ah.

Alexei n'a pas l'air aussi surpris que je m'y attendais.

— Alors pourquoi tu ne l'as pas fait ? Tu as terminé la fac depuis trois ans, maintenant. Tu as eu largement le temps d'entamer la carrière que tu veux.

Pourquoi ne pas l'avoir fait, oui ? Je songe au brouillard sombre que représentent mes années de fac, quand les migraines m'empêchaient de passer beaucoup de temps sur un ordinateur. Est-ce à cette époque que j'ai fait une croix sur mon rêve ? Ou est-ce arrivé plus tard, quand les obligations sociales m'ont obligée à sauter d'une fête à l'autre, d'une levée de fonds à l'autre, d'une destination de vacances à l'autre, tout ça en essayant d'éviter l'homme dangereux qui m'observait dans l'ombre ? Ce n'est qu'après avoir quitté Moscou pour la solitude et la beauté naturelle du domaine dans les montagnes de Nikolai que je me suis souvenue que j'adorais apprendre du code et créer les histoires visuelles que sont les jeux vidéos.

Celle que j'étais à quatorze ans aurait honte de moi, et à cet instant, moi aussi.

— J'ai commencé à bosser sur un jeu, admets-je en détournant les yeux du regard perçant d'Alexei. C'est un petit truc tout simple, mais…

— C'est super. Où est-il ?

Je cille et reporte mon attention sur son visage.

— Comment ça ?

— Est-ce qu'il est stocké dans un cloud ? Ou un disque dur ? En bref, de quoi aurais-tu besoin pour continuer à travailler dessus ?

Je le dévisage, sous le choc. Est-il en train de me proposer ce que je pense ? Mon cœur accélère, une lueur d'espoir s'allume en moi.

— Juste un ordinateur puissant avec le logiciel adapté suffirait. Ce que j'ai écrit jusqu'ici est dans le cloud, j'aurais donc besoin d'un accès à Internet, et ensuite…

— Donne-moi tes identifiants et je le récupérerai dans le cloud pour toi.

Ma pointe d'espoir s'éteint. Bien sûr qu'il ne va pas me donner un ordinateur relié à Internet en croisant les doigts pour que je ne tente rien. Si j'ai accès à un ordinateur, il ne bénéficiera même pas du bas-débit AOL. Et il veut que je lui donne mes identifiants ? Mais bien sûr.

— Je peux demander à mes hackers de les trouver, si tu préfères, reprend Alexei, devinant à quoi je pense.

Ses yeux noirs pétillent.

— Ça prendra plus longtemps, mais…

— OK, lâché-je avec un soupir. Très bien, je vais te les donner.

Pas parce que je pense que ses hackers arriveront à décoder l'encryptage que Konstantin a développé pour notre famille, parce qu'ils n'en seront pas capables – et j'ai envie de mon jeu et d'un ordinateur. J'en ai tellement envie que mes doigts me démangent de toucher un clavier. Plus important encore, je n'ai rien de vraiment privé sur mon cloud personnel, juste des devoirs d'école, des photos et ce genre de trucs. C'est Valery qui gère mon héritage et mes investissements, ce n'est donc pas comme si j'allais offrir à Alexei un accès détourné aux affaires des Molotov, ou quoi que ce soit de ce genre.

— Bien. Et dis-moi quel logiciel tu as besoin que j'installe.

Je lui dis. Mon cœur s'est remis à cogner d'excitation, mais cette fois, ça n'a rien à voir avec la possibilité de m'échapper. Jusqu'à cet instant, je ne m'étais pas rendu compte que j'avais besoin de ça – de penser à autre chose qu'à l'homme à côté de moi, de travailler sur des problèmes qui ont des solutions.

— OK, dit Alexei en se recouchant et en fermant les yeux. Tu auras tout ça d'ici demain.

Je me recouche aussi, et pour la première fois depuis qu'il est venu m'enlever, je suis impatiente d'être au lendemain.

CHAPITRE 20

ALEXEI

J e ne fais jamais la sieste. Je n'ai même pas le sommeil très lourd et je ne dors toujours que d'un œil, à l'affût du danger. Pourtant, lors de cette après-midi chaude et humide, tandis que de gros nuages s'amoncellent à l'horizon et apportent une distante odeur de pluie, je ferme les yeux et m'assoupis aux côtés d'Alina.

Le rêve s'infiltre lentement dans ma tête. À un certain niveau, j'ai bien conscience que c'est un rêve. Il a ce côté doux et brumeux, comme si j'entrais dans un brouillard. Mais ensuite, le brouillard devient la seule réalité et j'oublie qu'il existe quoi que ce soit au-delà.

Il y a une femme. Une femme très enceinte. Elle est douce et chaude. Elle sent la vanille et le citron. Je me blottis un peu plus contre elle. Bizarrement, je tiens parfaitement à cet endroit, sous son bras, alors que je suis un homme adulte. Sauf que… je n'en suis plus un.

Je suis petit.

Je suis un enfant.

Cette prise de conscience devrait me stupéfier, mais ce n'est pas le cas. Je me niche un peu plus contre la femme et écoute sa voix mélodieuse, l'une de mes petites mains posée sur son gros ventre. *Maman*. Le mot dérive vers moi dans le brouillard et je l'accepte, tout comme j'accepte la certitude qu'à l'intérieur de ce ventre, il y a ma petite sœur.

Maman est en train de parler. Non, elle lit. Elle a un livre dans les mains.

Je pousse un soupir satisfait, écoute l'histoire et sens ma petite sœur donner des coups de pied dans le ventre de Maman.

— Elle joue au football, dit toujours Papa.

Je suis jaloux. J'ai envie de jouer au football avec elle. Ruslan est trop jeune pour savoir y jouer, mais ma petite sœur sera peut-être plus douée. Elle s'entraîne beaucoup.

Boum. Boum. Boum.

Ses coups de pied sont de plus en plus forts.

Maman se raidit.

Non, ça ne va pas. Ce n'est pas comme ça que c'est censé se passer.

Il y a du rouge sur les draps.

Non, non, non.

Les draps sont trempés, maintenant, couverts de sang.

— Maman ? appelé-je, ma petite voix partant dans les aigus. Maman, tu vas mourir ?

Boum. Boum. Boum.

Son gros ventre ondule, et je le sens se déchirer. Non, il ne se déchire pas. Il est tranché de l'intérieur. Ma petite sœur. Elle tient un couteau.

Il y a du sang partout, il recouvre Maman, me recouvre aussi. Mon cœur bat comme les ailes d'un oiseau piégé, et j'ai envie de vomir. Je descends maladroitement du lit et me mets à courir. Mais mes pieds ne bougent pas. Je suis figé sur place, incapable d'aller chercher de l'aide.

Le ventre s'ouvre en deux.

Maman hurle.

— Alexeï ?

Je me redresse d'un bond, le brouillard s'évapore dans un flot de lumière.

— Tu vas bien ? demande Alina.

Elle se redresse à son tour pour me regarder avec une inquiétude évidente, et je me rends compte que j'ai la respiration laborieuse, comme si je venais de courir sur dix kilomètres.

Je m'oblige à prendre une grande inspiration et la relâche lentement.

Un rêve. C'était juste un rêve, bordel. J'ai réussi à m'endormir ici et à faire un cauchemar.

Quand j'étais petit, j'en faisais souvent, après la mort de ma mère. Je ne me souviens pas de tous les détails, mais il y avait toujours du sang. Ça fait des années que je n'en ai plus fait – des décennies, même. Ont-ils toujours été aussi saisissants ?

Quand j'essaie de parler, j'ai la voix rauque.

— C'était juste un rêve.

Je ne sais pas si c'est Alina ou moi que j'essaie de convaincre.

Elle hoche la tête, mais ne se recouche pas. Au lieu de ça, elle m'observe avec une curiosité qui me ferait plaisir, à un autre moment.

— Tu as rêvé de quoi ? demande-t-elle d'une voix douce.

De sang. Une césarienne qui tourne mal. Un bébé qui tue la femme que j'aime.

Mon estomac se tord et je sens un goût de bile dans ma bouche.

Je retire les pieds de la chaise longue et me lève.

— Excuse-moi. Je dois faire un truc.

J'ai la voix tendue, ma gorge est si serrée que c'est un miracle que j'arrive à prononcer un mot. Quand je m'éloigne j'ai l'impression de sortir d'une cuite de trois jours.

Je ne sais pas où je vais. Le yacht me paraît soudain trop petit, une prison où je me suis enfermé moi-même. Putain, même l'océan autour de nous est trop petit pour contenir les émotions qui s'accumulent en moi. Quand j'étais petit, je faisais tout mon possible pour ne pas penser à ma mère et sa mort. J'ai fait en sorte d'oublier la douceur de ses étreintes, pour ne pas avoir à me souvenir de ses cris, à la fin. Je n'ai jamais oublié qu'elle était morte des suites de complications lors de l'accouchement, bien sûr, mais le souvenir de ce jour-là s'est peu à peu effacé, jusqu'à ressembler à une histoire que j'avais entendue à la télé plutôt qu'à un événement qui avait dévasté ma vie. Les cauchemars se sont dissipés aussi, et quand je suis entré dans l'adolescence, je pouvais parler de la mort de ma mère avec la froideur qu'on attend de la part du fils de Boris Leonov – et penser aux grossesses et à l'accouchement comme tous les autres voient ça : sans trop songer aux risques que cela entraîne.

Ma gorge se serre un peu plus, menaçant de me couper la respiration. Je suis déjà près de l'escalier – sur pilote automatique, je partais sous le pont – mais je change de direction et fonce vers le bastingage, avant de plonger par-dessus bord sans prendre la peine de descendre l'échelle.

Le choc que je ressens quand je me retrouve soudain immergé dans l'eau froide balaie les résidus de cauchemar et quand je remonte à la surface, je peux à nouveau respirer.

Je sais ce qui me tiraille, maintenant, et ça n'a rien à voir avec la possibilité que les Molotov nous retrouvent.

Quand Alina a disparu de Moscou, je me suis senti trahi. C'était irrationnel, sachant qu'elle n'avait jamais prétendu tenir à moi ou vouloir de notre mariage, mais son comportement durant la levée de fonds m'avait donné l'espoir qu'elle commence à changer d'avis. La compassion sur son visage, quand elle m'a exprimé ses condoléances pour Ksenia, n'était pas feinte, ni sa réaction passionnée quand je lui ai pris son hymen dans les vestiaires, après coup. Ce soir-là m'a fait l'effet d'un point de départ, pour nous – et puis elle a disparu.

Elle s'est enfuie à la première trace de vraie intimité entre nous.

Tout en la cherchant, j'ai concocté un plan. Il était aussi simple qu'impitoyable : la trouver, l'épouser et la lier à moi avec un enfant. Ou mieux encore, plusieurs enfants. Je n'ai pas réfléchi plus loin que ça, je n'ai pas pensé aux conséquences que ça pourrait avoir sur elle, de faire naître un enfant dans ce monde. À l'effet que ça aurait sur sa santé et sa sécurité.

Pas une seule fois je n'ai envisagé la possibilité qu'elle meure à l'accouchement, comme ma mère.

La bile me remonte à nouveau dans la gorge, un goût aigre et métallique malgré l'eau salée qui recouvre mes lèvres. Je plonge et nage sous l'eau avec des mouvements brusques et furieux, m'éloignant du bateau et de la terrible peur qui s'est emparée de moi – une peur que je dois ruminer inconsciemment depuis tout ce temps, alors même que j'exécutais mon plan en réaction aux objections d'Alina.

C'est une peur dont je n'arrive plus à me défaire.

Je remonte à la surface pour respirer, avant de replonger pour nager. Je continue jusqu'à ce que mes bras soient lourds et que le bateau ne soit plus qu'un point à l'horizon. Ce n'est qu'à ce moment-là que je fais demi-tour, poussé par un besoin primal, instinctif.

Ma femme.

J'ai besoin de la serrer dans mes bras.

Tout de suite.

CHAPITRE 21

ALINA

J e pousse un soupir quand le point noir qui est la tête d'Alexei émerge des vagues, un peu plus proche, cette fois.

Il revient. Enfin.

Je n'ai aucune idée de ce qu'il s'est passé, de ce qui l'a poussé à plonger par-dessus bord comme ça, mais je dois avouer que j'étais un tout petit peu inquiète, pendant qu'il disparaissait peu à peu de ma vue, chaque plongeon l'emportant si loin sous l'eau qu'il doit être en partie dauphin.

Je soupçonne ce comportement bizarre d'avoir un rapport avec sa sieste. J'ai dormi aussi, pendant environ une demi-heure, bercée et relaxée par le son des vagues et la brise chaude, humide qui léchait ma peau. Mais le sommeil d'Alexei devait être plus profond, parce qu'il dormait encore quand j'ai ouvert les yeux. Il dormait et était étonnamment tendu, les sourcils froncés et la mâchoire crispée.

Faisait-il un mauvais rêve ? Je n'en étais pas sûre, alors je l'ai observé pendant un moment, intriguée malgré moi – parce que c'est vraiment un homme dangereusement beau.

Ce n'est que lorsqu'une grimace a déformé son visage et que sa respiration est devenue saccadée que je l'ai appelé, décidant de le réveiller juste au cas où.

Je pousse un autre soupir. Le nœud entre mes épaules se relâche quand je vois les brasses puissantes d'Alexei le rapprocher du yacht. Je ne m'inquiète pas pour lui, vraiment pas. C'est juste que... je n'aime pas l'imaginer dans l'eau bleue sombre, si loin que je le vois à peine. Les nuages à l'horizon s'assombrissent et le vent se lève, faisant écumer les vagues. Bientôt, nous serons peut-être au milieu d'une vraie tempête, et Alexei a beau être un excellent nageur, il n'est pas immunisé contre les forces de la nature.

Pour ne rien arranger, les vagues de plus en plus grosses me donnent un peu le mal de mer. J'espère que ça n'annonce pas l'imminence d'une autre migraine. Pour moi, les migraines et la nausée vont souvent de pair.

Enfin, Alexei atteint l'échelle côté tribord. Je le regarde sortir de l'eau, l'air d'un dieu de la mer avec ses cheveux noirs plaqués en arrière et ses muscles tatoués scintillants, qui ondulent à chacun de ses mouvements. Mon cœur cogne quelque part dans ma gorge et malgré mon estomac noué, une pointe de chaleur me lèche le creux du ventre.

Non. Bordel. Je dois arrêter ça.

Je m'apprête à m'éloigner du bord pour rejoindre la chaise longue, mais il est déjà arrivé en haut de l'échelle, et rive son regard au mien. Son expression a quelque chose de sauvage, une intensité sombre et féroce recouvre la chaleur charnelle dans ses yeux.

Je déglutis et recule d'instinct. Il me suit, comme le prédateur mortel qu'il est. Mon cœur bat plus vite, un courant électrique parcourt mon dos. Je prends une inspiration tremblante, détourne la tête et me tourne vers la chaise longue, espérant briser cette drôle de tension en m'éloignant.

C'est une erreur. J'ai à peine fait deux pas qu'il m'a rejointe. Il pose une main humide sur mon coude pour me faire me retourner vers lui.

— Alinyonok…

Sa voix à une note torturée et un feu sombre brûle dans ses yeux. Il lâche mon coude, prend mon visage entre ses paumes et me regarde, sa poitrine mouchetée de gouttes d'eau se soulevant et retombant selon un rythme brusque et irrégulier.

Je lui rends son regard, mon pouls rugissant dans mes tempes. Je ne sais pas ce qu'il se passe, mais ça m'effraie. J'ai l'impression qu'une tempête fait rage en lui, qui nous noiera tous les deux si nous ne faisons pas attention. Avec prudence, je pose les mains sur ses poignets, sentant la force brutale dans ses os, ses tendons et ses muscles. Il ne me fait pas mal, mais il pourrait. Si facilement. Comme mon père faisait du mal à ma mère.

Comme il l'a tuée avant que Nikolai le tue.

Je dois tressaillir, ou émettre un son, parce que le visage d'Alexei se tord et, avec un grognement tourmenté, il m'attire à lui et penche la tête pour m'embrasser avec tant de férocité que tout l'air s'échappe de mes poumons. Il prend tout, la moindre molécule d'oxygène, toutes les pensées dans ma tête. Quand il me soulève dans ses bras pour m'emmener vers l'escalier, mon corps est en feu et les souvenirs sinistres sont lointains. Mes peurs sont redevenues nébuleuses, sourdes. Toutes sauf une…

— Attends, hoqueté-je en me tortillant dans ses bras pendant qu'il descend les marches et traverse le couloir. Alexei, arrête !

Il m'ignore, comme d'habitude. Comme il me l'a prouvé de manière si frappante ce matin, mes objections n'ont jamais eu la moindre importance, pour lui. Quand il atteint la cabine, il ouvre la porte d'un coup de pied sans même se soucier qu'il est nu et entre avec moi, avant de la refermer du talon.

— Je dois te voir, dit-il d'une voix fiévreuse en me déposant sur le lit.

Il a la voix rauque et tend la main vers mes vêtements.

— Putain, Alinyonok… je dois te sentir.

Résignée, je ferme les yeux et détourne la tête sur le côté pendant qu'il me déshabille avec une efficacité implacable doublée d'une intensité fébrile. Je sais déjà comment ça va se passer : il va me baiser, je vais jouir et ensuite, il jouira en moi, me poussant à le haïr et à me détester.

Bientôt, je suis nue et il me caresse le ventre, prend mes mains dans les siennes immenses, frotte ses pouces sur mes tétons. Ses caresses sont éperdues, et pourtant quelque chose cloche. Ses gestes sont presque… cliniques.

Qu'est-ce qu'il se passe ?

J'ouvre les yeux et tourne la tête vers lui.

Il porte encore son short de bain mouillé, et son érection massive a formé une bosse incontestable à l'avant. Par contre, sa façon de scruter mon corps ne semble rien avoir de sexuel. Même quand il soupèse mes seins, un dans chaque main, il n'a pas l'air intéressé par le plaisir – que ce soit le mien ou le sien. C'est comme s'il m'examinait, comme le ferait un médecin. Qu'est-ce que…

Il lâche mon sein et fait un pas en arrière. Il passe ses doigts dans ses cheveux mouillés, un geste empli de frustration intense. Perplexe, je le regarde fermer les yeux, pousser un juron entre ses dents, puis quitter la cabine, laissant la porte claquer derrière lui.

Sérieux, qu'est-ce qu'il se passe ?

Je prends soudain conscience de ma nudité, me redresse et baisse les yeux sur mes seins. Ils m'ont l'air normaux, ronds et fermes, mes tétons d'un rose sombre. Mon ventre est plat, même si je suis assise penchée en avant.

D'après ce que je peux en dire, je ne me suis pas brusquement transformée en ogre et il ne m'est pas poussé des cornes au lieu des tétons.

Mais après tout, les hommes sont des créatures

inconstantes. Il s'est peut-être déjà lassé de moi. La réalité n'est peut-être pas à la hauteur de fantasmes qu'il s'est faits au fil des années.

Je devrais être contente. Je devrais célébrer ce développement, mais au lieu de ça, mon cœur se serre en une petite boule et la honte me parcourt le dos. Si ma mère était là, elle me dirait que c'est tout ce que je mérite pour ne pas l'avoir écoutée pendant toutes ces années, pour ne pas avoir fait assez de sport, ou avoir mangé trop de malbouffe, ou pour ne pas m'être épilé les sourcils. Elle dirait…

La porte s'ouvre à nouveau en claquant et Alexei revient, une petite boîte dans la main.

D'instinct, j'attrape la couverture pour couvrir ma nudité, mais il est déjà près du lit, les yeux brûlants. Il laisse tomber la boîte sur la couverture que je serre et la stupéfaction me submerge quand je vois ce que c'est.

Une boîte de préservatifs.

Taille magnum, bien sûr.

Je relève vivement les yeux vers lui et il hoche la tête, contractant la mâchoire.

— On va le faire comme ça, à partir de maintenant, annonce-t-il d'une voix gutturale.

Puis il me prend dans ses bras et plaque ses lèvres sur les miennes.

Il me dévore avec une avidité brûlante et pour la première fois, je ne me déteste pas quand je fonds dans son étreinte sombre.

CHAPITRE 22

ALINA

Le soleil matinal réchauffe mon visage quand j'ouvre les yeux et m'étire avec volupté, l'impression d'être un chat bien nourri. Je suis courbaturée de partout – Alexei ne m'a pas laissée quitter le lit de tout l'après-midi, le soir et la nuit mis à part une courte pause pour dîner – mais je me sens bien. Et pas seulement parce que j'ai eu une douzaine d'orgasmes pendant que le yacht était secoué par une autre tempête. J'éprouve une sensation de légèreté inhabituelle dans la poitrine, quelque chose d'enjoué. Je suis presque… heureuse.

Non. *Heureux* est un mot trop fort, sachant que j'ai été volée à ma famille et mariée de force à un homme qui m'a épiée pendant dix ans. Mais j'éprouve de l'espoir. Je suis optimiste, même. Je ne sais pas ce qu'il s'est passé durant cette baignade impromptue, mais Alexei a mis un préservatif à chaque fois qu'il m'a baisée, après ça. Et il l'a fait plusieurs fois. Quatre ? Cinq ? Franchement, j'ai perdu le compte.

J'ai eu envie de lui demander ce qui avait changé. Pendant qu'on était couchés côte à côte, hier soir, ivres de plaisir, nos corps transpirants entremêlés ensemble, j'en ai eu l'opportunité. Mais je n'ai pas osé aborder le sujet, au risque que cet interrupteur au fond de lui soit à nouveau actionné. Je n'ai rien osé dire, et à la place, j'ai sommeillé entre ses bras, dérivant dans ce crépuscule rêveur entre le sommeil et l'éveil jusqu'à ce qu'il durcisse pour la énième fois et que la folie recommence.

Je suis seule dans la cabine, alors je prends mon temps pour me lever. Je me sens paresseuse, comme le chat susmentionné. Même l'idée de mettre la main sur un ordinateur ne suffit pas à me motiver à bouger plus vite, même si j'arrive enfin à me tirer du lit en m'imaginant avec force détails le prochain boss que je vais créer.

Je bâille, me rends à la salle de bains d'un pas titubant et prends une longue douche chaude, dans l'espoir que ça me réveille. Ça ne fonctionne pas. Je n'ai même pas envie de me sécher les cheveux ou de me maquiller, mais je m'oblige à le faire quand même, pour ne pas éprouver la même chose qu'hier, quand j'ai cru que mon corps nu avait rebuté Alexei. Ce n'était pas le cas, mais une partie idiote, vaniteuse de moi-même a encore peur que ça arrive un jour. Je suis malade rien que d'envisager cette possibilité. Ou bien… je me sens peut-être juste malade.

À bien y réfléchir, j'ai l'esprit embrumé comme quand on a un rhume ou la grippe, et j'ai encore un peu la nausée.

Est-ce que je couve quelque chose ?

Je déglutis de manière exagérée.

Non, je n'ai pas mal à la gorge.

Je n'ai pas non plus le nez qui coule.

Et je ne crois pas que ce soit l'une de mes migraines.

Tout se glace soudain en moi.

Non. Non, non, non.

Affolée, je compte les jours depuis lesquels je suis ici – et pousse un soupir.

Même si j'étais enceinte, je ne pourrais pas avoir de symptômes aussi tôt. La première fois qu'Alexei et moi avons couché ensemble était il y a quatre jours. Je ne suis pas gynécologue, mais je suis à peu près sûre que les femmes voient arriver les premiers symptômes bien plus tard. Des semaines et des mois après. C'est bien trop tôt.

Ma tête se met à palpiter et pour la première fois de ma vie, j'accueille cette sensation avec joie. Ce doit être la cause de mon étrange malaise : l'imminence d'une migraine. Pas une grossesse. Je ne peux pas être enceinte.

Nous utilisons des préservatifs, maintenant, pour l'amour du ciel.

Un petit déjeuner. Voilà ce dont j'ai besoin, même si mon estomac n'est pas d'accord pour l'instant. Je dois manger avant que ma migraine empire, et ensuite je demanderai une autre rencontre avec les aiguilles magiques de Vika.

Je ne suis pas enceinte. Je refuse de l'être.

———

ALEXEI ME RATTRAPE DANS LE COULOIR AU MOMENT OÙ je sors de la cabine. Il a un ordinateur portable sous son bras musclé et tatoué – un gros, du genre puissant.

Migraine naissante ou pas, je salive presque à cette vue.

— C'est pour moi ? demandé-je dans un souffle sans quitter mon présent des yeux.

— J'y ai téléchargé tous les logiciels et les outils dont tu auras besoin, répond Alexei d'un ton amusé en me le tendant.

Je le prends avec empressement. Il est lourd, comme devrait l'être un vrai ordinateur de jeu.

— Merci, merci, merci !

Un sourire sincère étire les lèvres d'Alexei et une lueur chaude brille dans ses yeux sombres.

— Avec plaisir, Alinyonok. Fais-moi savoir si tu as besoin d'autre chose.

La liberté. Retrouver les dix dernières années de ma vie. Ne jamais t'avoir rencontré. Ces réponses cinglantes me viennent à l'esprit, mais ne quittent pas mes lèvres. Pour une fois, je n'ai pas envie d'être désagréable avec lui, et ce n'est pas à cause de tous les orgasmes dont mon corps garde un souvenir très net.

J'ai l'impression que quelque chose a changé, entre nous. Quelque chose d'indicible, mais de vital.

— J'aurais bien besoin d'une autre séance avec Vika, dis-je en coinçant l'ordinateur sous mon bras. Ça m'a vraiment aidée, la dernière fois.

Le sourire d'Alexei s'évanouit.

— Tu as une autre migraine ?

— J'en sens une arriver, je crois.

Elle me paraît un peu différente, cette fois, mais je ne lui dis pas. Je ne mentionne pas non plus que j'ai soudain un peu le vertige.

Je ne suis pas enceinte. S'il vous plaît, faites que je ne sois pas enceinte.

— Très bien.

Il me prend l'ordinateur et me ramène dans la cabine, où il le dépose sur une chaise.

— Retourne au lit. Je vais faire venir Vika avec le petit déjeuner et son kit d'acupuncture.

Je suis tentée de protester – je suis habillée et j'ai mis de la crème solaire – mais mon vertige s'intensifie et des points noirs dansent à la périphérie de ma vision. J'ai besoin de m'étendre avant de tomber à nouveau dans les pommes de manière embarrassante.

Comme s'il avait perçu mon urgence, Alexei s'empresse de me guider jusqu'au lit et m'aide à me coucher. Je ferme les yeux dès que ma tête touche l'oreiller et prends de petites inspirations creuses pendant que la pièce tourne autour de moi, empirant ma nausée.

C'est comme si j'avais trop bu, alors que je n'ai pas ingéré une seule goutte d'alcool.

Alexei pose une main sur mon front. Sa paume calleuse est fraîche et sèche. J'entends bientôt des pas, puis une porte qui s'ouvre et se referme.

Je reste immobile et ne bouge pas un seul muscle pendant que la chambre continue de tourner comme si je venais de descendre d'un manège. Qu'est-ce qu'il m'arrive, bordel ? Je déglutis quand la salive s'accumule dans ma bouche, puis recommence. Ça ne sert à rien.

Merde. Je vais vomir.

Je fonce dans la salle de bains et arrive devant le siège de toilettes juste à temps.

Dès que mon estomac est vide, je me sens mieux. Je suis tremblante, encore un peu étourdie et vraiment dégoûtée de moi-même, mais au moins, la nausée s'est dissipée. Mes jambes sont aussi molles que des pâtes au beurre, mais je parviens à tenir debout et à m'approcher du lavabo. Je me lave les dents deux fois et me gargarise trois fois avec du bain de bouche. Puis je rajuste mon maquillage et ma coiffure et retourne au lit en titubant. Je me couche et ferme les yeux, ne voulant pas admettre ce qui devient de plus en plus indéniable.

Qu'il soit trop tôt pour avoir des symptômes ou pas, je suis très probablement enceinte.

CHAPITRE 23

ALEXEI

A lina est pâle et immobile sur le lit quand je reviens dans la cabine, Vika sur les talons. Ma poitrine se serre un peu plus, l'inquiétude faisant rage en moi comme une bête furieuse. Deux migraines en autant de jours, plus son évanouissement le jour de notre mariage… son état empire-t-il ? Devrais-je l'emmener à l'hôpital au lieu de m'appuyer sur l'équipe de médecins que le sous-marin est en train d'amener selon mes directives ? Même avec sa vitesse extraordinaire, il n'arrivera pas avant trois jours. D'un autre côté, nous sommes bien à quatre jours de distance d'un endroit disposant d'un hôpital digne de ce nom, ils restent donc la solution la plus rapide pour lui apporter des soins.

Une pensée me traverse l'esprit, aussi improbable que terrifiante, désormais. Je la balaie aussitôt. Je doute de l'avoir mise enceinte aussi vite, et de toute façon, ça ne fait que deux jours. Je n'en sais pas autant que je devrais sur la reproduction humaine, mais je suis certain qu'il faut un moment avant que les hormones aient le moindre effet sur l'état de santé de la femme. À moins que… je sors mon téléphone pendant que Vika se met au travail, plaçant des aiguilles partout sur le corps et le visage d'Alina.

Une recherche rapide me révèle que j'ai raison. D'après toutes les sources médicales fiables, les symptômes d'une grossesse ne peuvent pas apparaître aussi tôt. Sauf si… je fais défiler plusieurs fils Reddit successifs ; un tas de femmes assurent qu'elles savaient qu'elles étaient enceintes dès le premier jour. Leurs seins étaient différents, ou bien elles se sont soudain senties fatiguées et nauséeuses. Elles se sont mises à avoir des envies bizarres. Ou elles étaient étourdies. Elles avaient la migraine…

Putain. Elle pourrait être enceinte.

Je réprime l'envie de jeter mon téléphone contre le mur.

Je sais que c'est ma faute – c'est exactement ce que je voulais – mais c'était avant. Maintenant, cette simple possibilité me donne envie de me couper le sexe. Aussi irrationnel que ça puisse être, après ce rêve, je suis convaincu que si elle avait mon bébé, elle mourrait – et je préfère mille fois prendre le risque que les Molotov me l'enlèvent.

— C'est fait, dit Vika à voix basse.

Elle se détourne du lit pour me regarder.

— Je reviens dans une demi-heure avec le petit déjeuner, d'accord ?

Je hoche brièvement la tête, me précipitant déjà vers le lit. Quand la porte se referme derrière Vika, je m'assois au bord du matelas et prends la main d'Alina dans la mienne, en prenant garde de ne pas déloger les aiguilles dans son poignet et son coude. Sa paume est petite dans la mienne, même si ses doigts sont longs et fins. Ses ongles ovales sont couverts d'un vernis rouge. Je caresse le milieu de sa paume du pouce, m'émerveillant de sa douceur et sa fragilité. Qu'est-ce qu'il m'a pris de vouloir la mettre enceinte ? La soumettre à l'expérience la plus douloureuse et dangereuse qu'une femme puisse endurer ? Comment un homme peut-il faire subir ça à sa femme ? J'ai passé toute la matinée à me renseigner sur le million de trucs qui peuvent mal tourner durant la grossesse et l'accouchement, et franchement, je suis ébahi que l'humanité ne se soit pas éteinte.

Pour une femme, une relation sexuelle non protégée revient un peu à pénétrer dans une zone de guerre, avec un risque non négligeable de mourir, d'avoir des lésions au niveau des organes et de souffrir de stress post-traumatique.

— Comment tu te sens ? demandé-je à voix basse quand Alina bat des cils, révélant ses yeux semblables à des joyaux. Ça commence à aller mieux ? Tu veux que j'aille aussi chercher les pilules anti-migraine ?

— Un peu, et non, murmure-t-elle en refermant les yeux. Continue de faire ça.

De faire quoi ? Les aiguilles ? Est-ce qu'elle en veut plus ? Je m'apprête à rappeler Vika quand je comprends qu'Alina parle du mouvement de mon pouce, qui dessine des cercles sur sa paume. Mon pouls accélère et une chaleur envahit ma poitrine. C'est la première fois qu'elle me demande de la toucher. Elle ne s'en rend sûrement même pas compte, mais moi si, et ça fait toute la différence.

Je me penche et dépose un baiser déférent sur sa paume douce, avant de continuer à la caresser comme elle l'a demandé. Peu à peu, la tension sur son visage se dissipe, et je parviens à prendre une grande inspiration quand ma cage Ruslanacique se relâche de soulagement.

J'ai besoin qu'elle aille bien. J'en ai besoin plus que tout au monde.

Je ne vois pas le temps passer avant que Vika revienne avec un plateau de nourriture. À ce moment-là, les joues d'Alina ont repris un peu de couleur. Pendant que Vika retire les aiguilles, je verse du miel dans un bol de blé noir et ajoute des baies, comme j'ai vu Alina le faire. Sur le plateau se trouvent aussi des œufs, du pain grillé et toutes sortes de viandes et de fruits de mer, mais quelque chose me dit qu'Alinyonok ne sera pas capable d'avaler quoi que ce soit d'aussi ambitieux.

Comme je m'y attendais, dès que Vika est partie, Alina plisse le nez et dit :

— Je ne suis pas sûre de pouvoir manger. Je n'ai pas faim.

— Et si tu mangeais juste quelques bouchées ? l'encouragé-je.

Je gonfle les oreillers dans son dos pour la redresser en position à moitié assise.

— Juste pour stabiliser ton taux de sucre dans le sang.

Elle soupire.

— D'accord.

Elle dirige sa main vers le bol, mais je lui tends déjà une cuillerée de sarrasin et de baies couvertes de miel. Elle hésite un instant, puis me laisse approcher la cuillère de sa bouche. Un sourire de satisfaction primitif s'étire sur mes lèvres quand je la regarde mâcher et avaler la nourriture que je lui ai donnée. Je prends une autre bouchée et la lui tends. Avec obéissance, elle accepte mon offrande et le sang afflue dans mon sexe pendant que je regarde ses lèvres rouges se refermer autour de la cuillère.

Putain. Ce n'est pas censé être érotique.

J'essaie de ne pas penser à l'endroit autour duquel j'aimerais voir ces lèvres se refermer ensuite, mais je ne réussis pas vraiment. Tout ce que fait Alina – y compris dormir et respirer – m'excite. C'est comme ça depuis l'instant où je l'ai vue, et ça ne fait qu'empirer. Je ne me lasserai jamais d'elle.

Chaque caresse, chaque baiser nourrit un peu plus mon addiction.

Et puis, elle est si docile, elle mange chaque bouchée l'une après l'autre. Je la félicite d'une voix plus rauque qu'elle devrait l'être. Ça n'a pas l'air de la déranger. Au contraire, ses paupières sont à demi-closes, et elle me regarde de sous ses longs cils épais, sa poitrine se soulevant selon un rythme creux. Bientôt, le bol de sarrasin est vide et je suis si dur que mon sexe pourrait percer le fond de l'océan.

— Comment va ta migraine ? demandé-je d'une voix rendue rauque par le désir qu'elle suscite en moi.

Je n'ai pas l'intention de la prendre encore. J'ai juste besoin de savoir qu'elle va bien et…

— Ça va mieux, murmure-t-elle.

Ses yeux ressemblent à des mares de jade infinies, sombres, liquides et mystérieuses. Elle se penche très légèrement vers moi, les lèvres entrouvertes, et avant d'avoir pu me retenir, je l'attire à moi et tourne son visage jusqu'à ce que nos bouches se rencontrent. J'essaie de m'arrêter, mais je sens le goût du miel et des baies dans son haleine et approfondit le baiser dans un besoin désespéré de m'abreuver encore plus de sa douceur, d'elle.

Et elle m'en donne plus. Elle enroule les bras autour de mon cou, m'attire au-dessus d'elle jusqu'à ce que je la presse contre le matelas. Elle me serre contre elle et me rend mon baiser, se cambrant contre moi. Je perds le combat contre le désir qui me submerge.

Je la prends comme l'animal que je suis, et la seule chose que je me souviens de faire à la dernière minute est d'enfiler un préservatif.

Plus jamais je ne mettrai en danger sa vie et sa santé.

CHAPITRE 24

ALINA

Je ferme les yeux et pose la tête sur la poitrine d'Alexei, écoutant les battements réguliers de son cœur tandis qu'une torpeur agréable s'empare de moi, sous le contrecoup de la tempête sensorielle qui vient de m'envahir. Ma migraine a presque disparu et la manière hypnotique dont Alexei passe les doigts dans mes cheveux me rend réticente à bouger le moindre muscle.

Il a utilisé un préservatif. Encore.

Je ne comprends pas, mais je ne peux qu'être reconnaissante. Ce qui est ridicule et annonce peut-être les prémices d'un syndrome de Stockholm, parce que je ne devrais pas éprouver de la gratitude pour un homme qui m'a kidnappée, obligée à l'épouser et sûrement déjà mise enceinte.

J'attends que la panique me submerge, mais ça n'arrive pas. C'est peut-être à cause de toutes les endorphines suscitées par nos ébats, ou parce que je ne peux rien y faire, si le pire est arrivé, mais je me sens étrangement calme, à la possibilité d'être enceinte. Sous le choc, peut-être ? Ce n'est pas l'impression que j'ai, mais je ne peux me fier à mes émotions, avec Alexei. Sa simple présence dérègle ma boussole interne. Comme un aimant puissant, il embrouille ma conception du bien et du mal... de l'amour et de la haine.

Non. C'est faux. Je déteste encore Alexei Leonov. C'est la seule chose dont je suis certaine. Oui, on est couchés l'un contre l'autre comme des amants, et alors ? Ce n'est pas ce que nous sommes. Nous sommes un harceleur et sa victime, un ravisseur et sa captive, un mari et sa femme non consentante. Et le pire, c'est que je ne sais toujours pas pourquoi.

Pourquoi moi ? Pourquoi s'est-il donné toute cette peine pour m'avoir ?

J'ouvre les yeux et suis du doigt le sillon de ses abdos.

— C'est juste à cause de mon apparence, alors ? Ou parce que je suis jolie *et* une Molotov ? demandé-je sans lever la tête.

Une partie de moi a peur de déjà connaître la réponse.

Il émet un petit rire, un grondement doux et grave dans mon oreille.

— Tu ne laisseras pas tomber, hein ?

Devant mon silence, il soupire.

— Ce n'est pas parce que tu es une Molotov. C'est

plutôt un point contre toi, en fait. Je préférerais ne pas avoir à me confronter à ta famille, crois-moi.

Je le crois. Les Leonov sont assez riches et puissants pour ne pas avoir besoin de nos ressources ou connexions, raison pour laquelle je n'ai jamais compris nos fiançailles.

— Alors… tu aimes juste mon apparence.

Il pose sa paume à la base de ma nuque et serre doucement, la massant pour évacuer la tension qui s'y est accumulée.

— Alinyonok… dit-il d'un ton grinçant. Tu sais bien que je ne manquais pas de compagnie féminine avant toi, hein ? Certains considéreraient même que les femmes avec lesquelles j'ai pu passer du temps étaient aussi belles que toi.

Quelque chose de verdâtre et marécageux remue en moi.

— Je… oui. Je le sais.

Il garde le silence un instant. Puis il demande à voix basse :

— Tu te souviens du jour de notre rencontre ?

— Bien sûr.

Cette soirée, onze ans plus tôt, est gravée dans ma tête aussi nettement que si c'était arrivé hier.

— Qu'est-ce que tu as pensé, la première fois que tu m'as vu ?

Il m'écarte de lui et me positionne de manière à ce que je sois couchée sur le côté, face à lui. Ses yeux brillent comme des diamants noirs pendant qu'il attend ma réponse.

— Quand on est tombés l'un sur l'autre dans ce couloir, qu'est-ce que tu as pensé de moi ?

Je suis tentée de mentir, mais à quoi bon ? Difficile de nier mon attirance pour lui, après être entrée en combustion dans ses bras. Je me racle la gorge, réprime l'envie d'esquiver son regard perçant.

— Je t'ai trouvé dangereux... et sexy. Mais surtout dangereux.

S'il est amusé par ma réponse, il ne le montre pas. Son expression demeure la même quand il demande :

— Tu veux savoir ce que j'ai pensé de toi ?

— Laisse-moi deviner... tu m'as trouvée jolie.

— Belle, corrige-t-il. Eh oui, c'est ce que j'ai pensé... jusqu'à ce que tu te mettes à parler.

J'ai un mouvement de recul, me sentant insultée, mais il continue :

— C'est à ce moment-là que j'ai compris que tu étais aussi intelligente et courageuse.

Une esquisse de sourire étire ses lèvres.

— Est-ce qu'ils t'agitent devant mon nez, dit-il.

— Je me souviens de ça, dis-je, médusée.

Quand il a appris qui j'étais, il a cru que j'étais un appât n'ayant pas encore atteint sa majorité, un piège tendu pour lui. Ce que j'étais, d'une certaine façon – sauf que je n'étais pas spécifiquement là pour *lui*. Mes parents aimaient m'agiter devant tout le monde, m'habiller et m'exhiber comme un animal de foire.

Alexei se redresse sur un coude.

— Ça me fait plaisir, répond-il d'une voix douce en gardant les yeux rivés aux miens. Parce que je n'ai pas oublié un seul instant de cette rencontre. Avant même de quitter le penthouse de tes parents ce soir-là, je savais que j'aurais du mal à t'oublier. Je ne savais pas à quel point. Tu étais comme une comète qui traverse le ciel, si brillante et rare que tu m'as coupé le souffle.

Un chatouillis me parcourt le dos à l'intensité de son regard, mais j'essaie de prendre ses paroles à la légère.

— Je suppose que l'appât a marché, alors, hein ?

— Beaucoup trop, confirme-t-il. Je n'ai pensé qu'à toi pendant des semaines. Des mois, même. J'ai fini par comprendre qu'il fallait que je te revoie, au moins pour me prouver à moi-même que tu n'étais pas du tout celle que je m'étais imaginé au fil du temps. Tu avais à peine quatorze ans, pour l'amour du ciel. Je n'avais aucun droit de penser à toi, encore moins d'avoir envie de toi.

Ses lèvres se tordent d'auto-dérision.

— Je me suis dit qu'ils t'avaient apprêtée pour la fête, pour te faire ressembler à l'adulte que tu n'étais pas, et que si je tombais sur toi un jour normal, je me rendrais compte que tu n'avais rien de spécial et réussirais enfin à me débarrasser de cette obsession. Je me disais que tu ne pouvais en aucun cas être aussi envoûtante que dans mes souvenirs… aussi intelligente et intrépide. Mais tu l'étais.

Je le regarde, le cœur battant de manière saccadée. Je ne sais que penser de ce qu'il me dit, parce que je me souviens aussi de notre deuxième rencontre – et de ses retombées.

— Tu es en train de dire que ce n'est pas par

accident que tu m'as surprise avec Dan dans la bibliothèque ? Que tu me cherchais ?

Alexei me regarde sans ciller.

— Oui. J'ai convaincu mon père de nous inviter chez tes parents, et quand ta mère a mentionné que tu étais en plein cours d'anglais, je me suis excusé pour aller répondre à des e-mails sur mon ordinateur portable avant de partir à ta recherche. Et je t'ai trouvée... avec *lui*.

Mon estomac se serre et je me retourne sur le dos pour regarder le plafond.

— Alors tu l'as tué. Un homme innocent qui époussetait juste une peluche sur mon visage. Et après ça, tu as décidé d'organiser nos fiançailles... alors que je n'avais que quatorze ans.

Je prononce ces mots à voix haute pour me rappeler tout autant qu'à lui que quoi qu'il dise de moi, quelle que soit la façon dont il me traite aujourd'hui, notre histoire n'a jamais été un doux flirt. Il a commis des actes terribles au nom de son obsession pour moi, et je suis certaine qu'il fera pire dans le futur.

Mon tuteur était un sale type, mais il ne méritait pas de disparaître entre les mains d'Alexei.

Ce dernier vient se pencher au-dessus de moi. Ses yeux sont noirs comme la nuit, sa voix basse et dangereusement égale.

— Tu crois vraiment qu'il se serait contenté d'ôter cette peluche ? Il avait envie de toi. Je l'ai vu sur son visage.

Je déglutis, les yeux levés sur ses traits sombres.

— Toi aussi, de ton propre aveu. En quoi c'est différent ?

— Je n'ai rien fait pour concrétiser ces désirs, voilà la différence.

Il prend une grande inspiration et roule sur le dos à côté de moi. Sa voix est tendue quand il ajoute :

— J'en avais envie. Crois-moi. Quand je t'ai vue dans la bibliothèque ce jour-là, le visage dépourvu de maquillage et vêtue d'un jogging, tu faisais ton âge – et pourtant j'avais toujours envie de toi. Tu étais toujours la personne la plus lumineuse que j'avais jamais vue, et rien qu'à l'idée qu'il ait osé te désirer, te toucher… rien qu'à l'idée que tous les garçons et les hommes qui poseraient les yeux sur toi auraient envie de toi tout autant que moi…

Sa poitrine se soulève quand il prend une autre grande inspiration.

— Je ne le supportais pas. Et tu étais là, à m'engueuler, si hautaine et courageuse avec ton petit menton levé…

Il se tourne à nouveau vers moi, les yeux brillants.

— J'ai su à cet instant que je devais t'avoir. Que je ferais tout ce qui était en mon pouvoir pour que tu sois à moi.

— Parce que d'autres hommes risquaient d'avoir envie de moi ? demandé-je, incrédule, en me redressant.

Il s'assoit à son tour.

— Parce que j'aurais dû les tuer, s'ils avaient concrétisé ce désir.

Son ton est égal, son regard inflexible. C'est comme s'il pensait avoir rendu service au monde en me revendiquant, épargnant toutes ces vies innocentes. Sauf qu'il ne les a pas tous épargnés, loin de là. Il y a eu Josh, qui a disparu après avoir dansé avec moi au lycée, puis ce pauvre gars dont je ne me souviens pas du nom et qui est tombé d'un toit après m'avoir embrassée. Et Jorge, au Bali, dont le scooter est tombé d'une falaise après m'avoir pelotée.

Pour ce que j'en sais, il y en a peut-être eu d'autres – des hommes qui m'ont regardée, qui m'ont souri, qui m'ont croisée dans la rue. Ils ont peut-être disparu sans laisser de trace en guise de punition pour leurs péchés, et je ne saurai jamais que j'ai aussi leur sang sur les mains.

Ma nausée revient, ainsi qu'une palpitation au niveau des tempes. Je n'arrive pas à croire qu'il y a quelques minutes, je me sentais reconnaissante envers lui pour avoir tardivement décidé d'utiliser un préservatif. Que je voulais qu'il m'apprécie pour autre chose que mon physique – comme si la raison de son obsession létale faisait la moindre différence, quand elle a causé autant de dégâts.

Je me détourne et fouille sous la couverture jusqu'à avoir trouvé la robe que je portais avant que la situation prenne une tournure inattendue. Ignorant la chaleur du regard d'Alexei, je l'enfile et fonce vers la salle de bains, où je prends une autre douche dans un effort futile pour effacer le souvenir du plaisir sombre que j'ai éprouvé entre les mains du psychopathe qui est désormais mon mari.

Quand je ressors, je m'attends à moitié à ce qu'il m'attende, prêt à recommencer, mais il n'est pas là. Au lieu de ça, l'ordinateur portable qu'il m'a offert est posé sur le lit bien fait. A-t-il demandé à Vika ou Larson de venir ici faire le ménage, ou s'en est-il chargé lui-même ? Quoi qu'il en soit, je m'empresse de prendre l'ordinateur et m'étends sur le ventre avant de l'ouvrir.

Il est beau – aussi puissant qu'il en a l'air et rempli de tous les logiciels promis par Alexei, ainsi que du projet en cours qu'est mon jeu.

Ignorant la migraine et la nausée qui m'accablent, je plonge dans le boulot et quand j'ai implémenté mes idées pour le prochain boss, je suis presque reconnaissante envers Alexei une fois de plus... ne serait-ce que pour m'avoir procuré un moyen de l'oublier temporairement, ainsi que la réalité qu'il m'impose.

CHAPITRE 25

ALINA

Trois jours passent. Je crois, en tout cas. Ça pourrait être deux ou quatre. Les jours et les nuits se confondent à cause de l'irrégularité de mon sommeil. Les exigences sexuelles d'Alexei me tiennent éveillée une bonne partie de la nuit, alors je fais de longues siestes et la moitié du temps, quand je me réveille, je ne sais pas si c'est le matin ou le soir. Quand Alexei n'est pas en train de me baiser jusqu'à l'oubli, je suis sur l'ordinateur et je bosse sur mon jeu. Je suis obsédée, totalement absorbée par lui. Le code, l'histoire qui prend vie sur l'écran – ça me consume, tout comme *il* me consume, bien que d'une manière très différente.

Je me sens aussi de plus en plus malade. Je le cache à Alexei, mais je ne sais pas combien de temps je vais pouvoir continuer. Je vomis au moins une fois par jour et mes migraines ne me quittent jamais totalement, quel que soit le nombre d'aiguilles que Vika plante dans ma peau. Le pire, ce sont les vertiges, parce qu'ils me prennent d'un coup. Je suis en train de prendre une douche, de manger ou juste de travailler sur mon ordinateur, et soudain, j'ai l'impression de descendre du manège le plus rapide du monde. Par chance, jusqu'ici, j'étais seule lors des pires accès de vertige, et je ne pense pas qu'Alexei se soit rendu compte de quelque chose. Je n'espère pas, en tout cas.

Je ne sais pas pourquoi je le lui cache. Peut-être parce que je n'ai pas envie de lui donner la satisfaction de savoir qu'il m'a mise enceinte – même s'il semble avoir changé d'avis à ce sujet, vu qu'il prend toujours garde d'utiliser un préservatif, ces derniers temps. Ou bien je suis encore dans le déni, j'espère encore avoir attrapé la grippe, et si je lui en parle, je découvrirai la vérité pour de bon. Compte tenu de ses projets pour moi, il a dû cacher un stock de tests de grossesse quelque part sur le yacht, et je n'ai pas envie de voir ces lignes roses. Pour l'instant, je garde encore espoir. Je peux encore faire comme si cette maladie venait d'autre chose, qui bouleverserait beaucoup moins ma vie. Juste au cas où, je n'ai pris aucune pilule contre les migraines et je n'ai pas bu une seule goutte d'alcool. C'est irrationnel, mais même si je n'ai pas envie de ce bébé, je ne me le pardonnerais jamais si je lui faisais le moindre mal. Je me demande même si je ne devrais pas commencer à prendre des vitamines. Les femmes enceintes en ont besoin, non ? J'ai toujours eu un régime assez sain, composé de beaucoup de fruits, de légumes et de céréales complètes, mais à cause de cette nausée qui me tourmente à longueur de journée, mon appétit est détraqué et je dois faire de gros efforts pour avaler assez de nourriture pour qu'Alexei ne se rende compte de rien, pendant les repas. J'ai peut-être développé une carence en quelque chose, et s'il y a bien un bébé...

Bordel. Je regrette d'avoir songé à ça. Je pose mon ordinateur sur l'autre chaise longue et pose une main sur mon ventre – il me paraît plus plat que d'habitude, presque concave. Ai-je perdu du poids ? Ce n'est sûrement pas bon pour le bébé. Je devrais peut-être en parler à Alexei, pour qu'il me procure ces vitamines. Mais si je fais ça...

— Le jeu avance bien ?

Je sursaute en entendant la voix de Ruslan et tourne la tête vers sa silhouette haute et large d'épaule éclairée à contre-jour par le soleil. Je n'ai pas beaucoup vu le frère d'Alexei, ces derniers jours. Il ne s'est pas joint à nous pour les repas et j'ai passé tout mon temps dans la cabine à bosser sur mon jeu, pour être près de la salle de bains au cas où j'aurais envie de vomir. Mais il fait plus doux, ce matin, et j'espérais que l'air frais apaise ma nausée, alors j'ai décidé de venir coder sous le surplomb pendant qu'Alexei profitait d'une baignade matinale. Il m'a invitée à venir avec lui, mais j'ai décliné, ne voulant pas prendre le risque d'avoir un vertige dans l'eau. Et puis, moins on passera de temps ensemble en dehors de la chambre, Alexei et moi, mieux ce sera.

Sans les rappels constants de la perfidie de mon

époux, il me serait trop facile de tomber sous son charme, de commencer à croire en sa vision de notre avenir, au lieu de l'issue inévitable qui nous attend : un mariage horrible, comme celui de mes parents, où l'obsession initiale déguisée en amour va bien vite laisser place à quelque chose de plus sombre et mortel.

Non pas qu'Alexei ait jamais prétendu m'aimer.

Sûrement parce que ce n'est pas le cas.

— Je progresse bien, dis-je.

Je récupère mon ordinateur tandis que Ruslan vient se placer sous le surplomb, uniquement vêtu d'un short de bain et de lunettes d'aviateur.

— Je n'ai rien d'autre à faire, ça aide pas mal.

Ruslan se couche sur la chaise longue où se trouvait l'ordinateur et entrelace les doigts derrière sa tête. Un demi-sourire moqueur sur les lèvres, il tourne la tête vers moi.

— Pourquoi ne pas passer plus de temps avec ton nouvel époux ? C'est votre lune de miel, après tout.

— Vraiment ? rétorqué-je d'un ton doucereux. Comme c'est gentil à toi de me le faire remarquer.

Le sourire de Ruslan s'élargit, mais est dénué d'humour.

— Tu le détestes toujours, hein ? Je lui avais dit que c'était une mauvaise idée.

— D'attaquer le domaine de Nikolai et de m'obliger à l'épouser ?

Le sourire de Ruslan s'évanouit. Il soupire, tourne la tête pour regarder droit devant lui, et j'ouvre mon ordinateur. Je m'apprête à me replonger dans mon jeu quand il reprend la parole.

— Lyosha t'a déjà parlé de son enfance ? Les premières années qui ont suivi la mort de notre mère ?

Ma main se fige sur le clavier. Je ne devrais pas mordre à l'hameçon, mais je ne peux pas m'en empêcher. C'est trop tentant.

— Je crains que non, dis-je du même ton désinvolte.

Ruslan se tourne à nouveau vers moi et je vois mon reflet déformé dans ses lunettes miroir.

— Tu ne connais pas du tout l'homme que tu as épousé, hein ?

— L'homme qu'on m'a forcée à épouser, tu veux dire.

L'expression de Ruslan ne change pas.

— Tu devrais apprendre à le connaître. Quelle que soit la façon dont tout a commencé pour vous deux, vous allez passer votre vie ensemble.

Je détourne la tête. Je n'ai pas envie de penser à ça, aux années et aux décennies qui nous attendent. Aux enfants qui nous lieront ensemble, qui m'enchaîneront à Alexei jusqu'à ce que je ne sois plus qu'une extension de lui.

Au petit amas de cellules qui grandit peut-être déjà dans mon ventre, scellant mon destin.

Je déglutis en sentant remonter une nausée soudaine. Ruslan a raison. Je devrais apprendre à connaître mon mari, ne serait-ce que pour éviter d'élever un enfant avec un inconnu terrifiant.

Et puis, je suis vraiment curieuse, et le frère d'Alexei semble prêt à me parler.

Je décide de commencer par quelque chose de petit et innocent.

— Votre famille l'a toujours appelé Lyosha ? l'interrogé-je en le regardant.

Alyosha est le diminutif communément utilisé pour Alexei. C'est comme ça que je l'appellerai, en tant qu'épouse, si j'arrive un jour à m'adresser à lui de manière aussi informelle. *Lyosha* est encore plus familier. Ça fait penser à un garçon de village qui court dans la nature et grimpe aux arbres, les genoux écorchés et le pantalon trop court.

Est-ce à cela que ressemblait Alexei quand il était petit ? J'ai du mal à l'imaginer. Quand je l'ai rencontré, il était déjà presque un homme… déjà dangereux et magnétique.

— Notre père l'appelait Alexei, répond Ruslan. Mais Maman l'appelait Lyosha, tout comme Ksenia et moi.

Ksenia. La mère de Slava. La sœur qu'ils ont perdue. Mon cœur se serre et ma nausée s'intensifie. Je déglutis encore et me remets vite à parler pour détourner mes pensées de cette sensation déplaisante.

— Vous étiez proches quand vous étiez petits, tous les trois ?

— Très, mais pas d'une manière classique, répond Ruslan. Après la mort de notre mère, Lyosha a pris soin de nous. Même s'il n'a que deux ans de plus que moi, il a endossé le rôle d'un second parent pour Ksenia et moi.

Ruslan sourit et pour la première fois, je décèle quelque chose d'enfantin et sincère dans la courbe de ses lèvres.

— Il nous donnait de la soupe de poulet quand nous étions malades, même si nous avions une nounou qui aurait pu s'en charger. Il nous racontait des histoires à propos de notre mère et nous montrait des photos. Et tous les soirs, quand la nounou était partie se coucher, je grimpais dans son lit et il me faisait la lecture, comme notre mère le faisait. Quand Ksenia a été assez grande, elle nous a rejoints dans son lit aussi. On se blottissait contre lui et il nous lisait nos livres préférés, avant de nous border pour la nuit. Il a fait ça jusqu'à ce que j'aie douze ans et Ksenia neuf.

Je suis si fascinée que j'en oublie mon estomac qui se tord. Étonnamment, il m'est facile d'imaginer Alexei dans le rôle de gardien – peut-être parce que j'ai déjà été témoin de cette facette de lui.

— Pourquoi il a arrêté ? m'enquiers-je.

Ruslan hausse les épaules et son sourire s'évanouit.

— J'ai décidé que j'étais trop grand pour les lectures du soir, et Ksenia ne voulait pas avoir l'impression d'être un bébé, alors elle a déclaré qu'elle était trop âgée aussi. Lyosha a fait comme s'il était soulagé, mais quand j'y réfléchis aujourd'hui, je pense qu'il a été blessé. Ça valait mieux comme ça, parce que peu de temps après, notre père nous a envoyé à l'école militaire de Novossibirsk, tous les deux, et Ksenia est restée à la maison.

— Seule avec votre père ? demandé-je doucement.

L'expression de Ruslan se modifie. Un changement subtil, que je n'aurais pas remarqué si je n'avais pas eu les yeux fixés sur lui, mais je surprends la légère crispation de sa mâchoire et la façon dont il pince la bouche.

— Oui, répond-il d'un ton dur. Avec notre père.

Je meurs d'envie d'approfondir ce sujet, mais je sens que mes questions ne seront pas bien accueillies. Alors j'en reviens au sujet auquel Ruslan est prêt à discuter.

— Alexei et toi semblez avoir une relation typique entre frères, aujourd'hui, dis-je en repensant à toutes les fois où je les ai vus interagir. Elle s'est développée quand vous êtes devenus adultes ?

— Plus ou moins, répond Ruslan, la tension quittant ses traits. Quitter la maison pour l'école a constitué un vrai catalyseur. Quand on est arrivés là-bas, Alexei se comportait comme mon protecteur, mais je voulais prouver aux autres jeunes que je n'avais pas besoin que mon grand frère intercède en ma faveur, et comme j'étais un préado bête et facilement embarrassé, je n'arrêtais pas de déclencher des bagarres avec lui et de le repousser.

Il soupire et regarde droit devant lui.

— Pendant deux ans, au début de mon adolescence, on s'est à peine parlé. Et puis je me suis rendu compte que j'étais un petit con et on a renoué le contact. En tant que frères presque du même âge, cette fois, avec tout ce que ça implique.

Il me lance un coup d'œil.

— Et toi ? Tu es la plus jeune, est-ce que tes frères ont veillé sur toi ?

Je hoche la tête.

— Ils le font encore.

En fait, ils sont sûrement en train de retourner toutes les pierres pour me retrouver à l'heure où l'on parle, mais je ne le dis pas. Avec tous leurs espions et leurs hackers, mes ravisseurs savent mieux que moi ce que font mes frères.

Ruslan doit prendre mes paroles pour l'avertissement qu'elles sont, parce qu'il soupire encore et retire ses lunettes d'aviateur. Il pose ses yeux gris orage sur moi et dit à voix basse :

— Alina, écoute... je sais que tu penses que toute cette situation est tordue, et je ne peux pas t'en vouloir. La façon dont mon frère s'y est pris pour t'épouser est... inhabituelle, c'est le moins qu'on puisse dire. Mais il sera un bon mari pour toi. Et un bon père pour tes enfants. Crois-moi, je le sais.

Je renifle et détourne la tête. Je comprends les motivations de Ruslan, maintenant, pourquoi il a décidé de me parler et de me dépeindre cette image attendrissante de leur enfance. Alexei le gardien, Alexei le protecteur – je suis censée avaler ce conte de fées. Sauf que j'ai grandi dans une famille comme la leur et je connais la vérité : si c'était un conte de fées, Alexei ne serait pas mon chevalier blanc.

Il tient trop du dragon pour ça.

— Laisse-moi deviner, dis-je en haussant les sourcils. C'est Alexei qui va veiller sur moi maintenant, c'est ça ? Il va me protéger comme mes frères l'ont toujours fait ?

Ruslan me regarde sans ciller.

— C'est ce qu'il va faire. Il est doué pour ça.

— Pour quoi ?

Mon pouls accélère quand j'entends la voix grave d'Alexei. Je me retourne et le vois debout sous le soleil à quelques pas de nous, son corps grand et puissant scintillant d'humidité après sa baignade. Même si on a couché ensemble ce matin – deux fois – et que je me sens de plus en plus barbouillée, mes entrailles se crispent et mon bas de bikini devient mouillé.

— Te comporter comme un connard, bien sûr, répond Ruslan.

Un sourire moqueur s'étire sur ses lèvres et il remet ses lunettes de soleil sur son nez.

— J'étais juste en train de divertir ta femme avec des histoires de notre illustre enfance. Puisque tu l'as abandonnée ici...

Alexei plisse ses yeux noirs.

— Et si tu allais plutôt te divertir tout seul ? *Ailleurs.*

Il a parlé d'une voix grave et dangereuse, et je me rends compte qu'il est encore jaloux de son frère.

Le sourire de Ruslan s'élargit.

— Avec plaisir, répond-il, se levant avec une grâce fluide. Je vous laisse tous les deux.

Il s'éloigne d'un pas nonchalant et j'évite de regarder son dos musclé – à la fois parce que je ne suis pas du tout intéressée et parce que je n'ai plus envie de provoquer la jalousie d'Alexei. L'histoire de Ruslan ne m'a pas fait tomber amoureuse de son frère comme par magie, mais elle m'a fait regretter la tension que j'ai peut-être ajoutée à leur relation.

Je n'ai pas envie de me mettre entre eux, pas même pour remporter une victoire douteuse dans cette guerre étrange entre Alexei et moi. Même si ça ne ressemble plus tant que ça à une guerre, depuis quelques jours. Tout comme les nausées matinales affaiblissent mon corps, l'attention inépuisable d'Alexei affaiblit mes résolutions de le détester. Il est *toujours* focalisé sur moi – et c'est aussi flatteur que perturbant.

En tant que la benjamine de quatre enfants, et la seule fille, en plus, je suis habituée à n'être qu'une considération secondaire. Aucune des étapes importantes de ma vie n'était spéciale pour mes parents, parce qu'ils avaient déjà connu ça trois fois. Tout ce que j'accomplissais – apprendre à lire à quatre ans, être excellente en cours de math, grimper à l'arbre le plus haut de la cour – l'un de mes frères l'avait déjà fait, et mieux que moi. Je ne pouvais même pas rivaliser avec eux au niveau du physique, parce que mes frères étaient aussi de beaux enfants, grâce à leurs traits typiques des Molotov, et ma mère recevait un tas de compliments les concernant. Ce n'est qu'à mon entrée dans la puberté qu'elle a commencé à me porter plus d'intérêt, puisqu'elle ne pouvait pas procurer des robes de marque, coiffer et maquiller ses fils, mais à cette époque, j'étais déjà habituée à ce qu'on me laisse livrée à moi-même – avec mes jouets, mes livres et surtout mes jeux vidéo.

Avec Alexei, c'est différent. J'ai l'impression que je suis le centre de son monde. Tout du moins, à en croire ce qu'il dit, je suis la seule femme dont il ait eu envie ces onze dernières années. Une partie de moi trouve encore ça difficile à croire, mais je ne vois pas pourquoi il mentirait. Ses actes, aussi affreux soient-ils, parlent pour lui.

À cet instant encore, il fusille Ruslan du regard tandis que ce dernier plonge par-dessus bord pour se baigner à son tour.

Ma bouche s'emplit de salive et ma nausée s'intensifie soudain.

Merde.

Je me lève et titube un peu. Foutus vertiges. Je fais mon possible pour le cacher, mais je ne suis pas sûre d'y arriver. Alexei tourne les yeux vers moi comme un laser de sniper se pointant sur sa cible, et il étrécit les yeux.

Double merde.

— Je dois aller aux toilettes, dis-je.

J'essaie de prendre un ton normal, mais j'entends la tension dans ma voix. Ma tête palpite et une sueur froide recouvre ma peau tandis que je me précipite vers l'escalier, avant de me rendre compte que je n'arriverai jamais à temps. Tremblante, je change de direction et me dirige vers le bastingage, mais je ne l'atteins pas non plus.

Alexei referme ses bras forts autour de moi par-derrière quand je tombe à quatre pattes et vomis sur le plancher, manquant ses pieds de quelques centimètres.

Les premières secondes, je suis trop malade pour être embarrassée. C'est ma pire crise jusqu'ici. Mon œsophage brûle sous l'effet de l'acide, ma peau est moite de partout et j'ai tellement le vertige que s'il ne me tenait pas, je m'écroulerais sur le sol souillé. Mais il me tient, et me murmure des mots tendres et apaisants, l'air indifférent à l'aspect répugnant de ce qu'il s'est passé. Quand il me retourne et me soulève contre sa poitrine nue comme on porterait une mariée, je me sens toute petite, impuissante... et protégée.

C'est à ce moment-là que l'embarras m'envahit, comme une vague brûlante qui me submerge, mais il s'est déjà mis à marcher, m'emportant dans la cabine. J'enfouis mon visage dans son épaule et sens l'humidité de sa peau, son goût salé après sa baignade. Des larmes brûlantes me montent aux yeux tandis que les palpitations dans mes tempes s'intensifient.

Je suis enceinte.

Je n'ai plus aucun doute à ce sujet.

Et maintenant, il le sait aussi.

CHAPITRE 26

ALEXEI

Ma cage Ruslanacique semble faite de ciment, mes poumons n'arrivent pas à se gonfler assez pour prendre une inspiration complète tandis que je repose Alina sur ses pieds avec prudence dans la salle de bains. Je la retiens par-derrière pendant qu'elle se rince la bouche et se brosse les dents, esquivant mon regard dans le miroir.

Putain.

Je le soupçonnais, je le redoutais depuis des jours.

Mon plan a trop bien fonctionné.

Elle est enceinte de mon enfant.

Et je suis terrifié.

— Pourquoi ne pas me l'avoir dit plus tôt ? demandé-je d'une voix tendue, furieuse.

En réalité, je ne suis en colère que contre moi-même. Ce n'est pas la première fois qu'elle est malade, j'en suis certain. Plusieurs fois, ces deux derniers jours, je suis revenu dans la cabine pour la trouver sur le lit, la peau du même teint pâle et verdâtre qu'à cet instant.

Elle a vomi plusieurs fois et ne m'en a pas parlé. Elle souffrait et elle me l'a caché.

Elle recrache le dentifrice et croise enfin mon regard dans le miroir. Elle a des traces noires de mascara sur les joues.

Des traces de larmes.

Mes tripes se crispent et la cage de ciment autour de mes poumons se resserre quand elle répond d'une petite voix rauque :

— Je ne voulais pas que tu le saches.

Bien sûr qu'elle ne voulait pas. Pourquoi le voudrait-elle ?

C'est ma faute.

C'est moi qui lui ai imposé ça.

Et maintenant, elle risque de mourir, comme ma mère.

Je dois faire de gros efforts pour conserver une expression neutre et un ton égal.

— Un sous-marin va arriver pour récupérer Ruslan dans quelques heures. Dedans se trouve une équipe de médecins avec un équipement médical digne d'une petite clinique. Ils vont t'examiner et ensuite on saura avec certitude.

Elle écarquille les yeux à ces mots, et je la vois.

Une étincelle d'espoir dans son regard.

Elle se demande sûrement si elle pourrait convaincre ces médecins de l'aider à faire passer un message à ses frères.

En temps normal, je me ferais un malin plaisir de la désabuser, mais je ne pense plus qu'à une chose : elle est déjà malade. Le bébé lui fait déjà du mal alors qu'il est encore minuscule, et c'est ma faute. Alors je ne lui précise pas que les médecins ont été sélectionnés avec soin et analysés de manière intensive ; ils comprennent les conséquences pour eux et leur famille, si les Molotov avaient vent de notre emplacement.

Son désir incessant de s'échapper est secondaire à mes yeux, maintenant.

— Viens, dis-je une fois qu'elle s'est lavé le visage, se débarrassant des traces de mascara en même temps que le reste de son maquillage. Laisse-moi t'emmener au lit. Tu as besoin de repos.

— Non, attends, j'ai besoin…

Elle tend la main vers le tiroir qui contient son maquillage, mais je l'écarte doucement.

— Ça peut attendre.

Et puis, j'adore son visage quand il est comme ça, sans rien pour cacher sa beauté naturelle. Sa peau pâle arbore un éclat nacré que son fond de teint dissimule d'habitude, et sa bouche sans rouge à lèvres semble souple et vulnérable, la courbe de sa lèvre supérieure si douce. D'autres femmes semblent plus authentiques et approchables sans maquillage, mais pas ma Alinyonok. Elle a l'air éthérée, angélique… et bien plus tentante.

Ignorant ses protestations, je la soulève et la porte hors de la salle de bains. Je la couche sur le lit, lui retire ses sandales à talons et la recouvre avec la couverture.

Elle ferme les yeux et prend de petites inspirations creuses, comme si elle avait encore la nausée.

Bordel de merde. Je me demande si elle a aussi mal à la tête.

Ignorant la tension dans ma poitrine, je sors mon téléphone et envoie un message à Vika pour lui demander de venir avec ses aiguilles. Puis je m'assois au bord du lit, sors délicatement l'un des poignets fins de ma femme de sous le drap et commence à en masser l'intérieur avec mon pouce, comme elle l'aime.

Je vais arranger la situation.

Tout ira bien.

Je ne sais pas encore comment, mais je vais le faire.

CHAPITRE 27

ALINA

Je me réveille d'une sieste quand j'entends des voix inconnues de l'autre côté de la porte de la cabine. Un homme et une femme, qui parlent un mélange de russe et d'anglais avec des accents divers.

Mon pouls accélère.

Les médecins.

Ils sont arrivés.

En sous-marin, apparemment.

Je me redresse et remarque avec soulagement que mon vertige est passé. Les aiguilles de Vika m'ont fait du bien, tout comme les caresses magiques d'Alexei.

Dans ce conte de fées tordu qui est le nôtre, il tient peut-être plus du sorcier maléfique que du dragon, et il est en train de me faire succomber à son charme, lentement mais sûrement.

Au diable tout ça. C'est ma chance de m'en sortir.

Je saute du lit, me précipite dans la salle de bains et m'empresse de me maquiller pour me rendre à peu près présentable. Au moment où je ressors, j'entends frapper à la porte de la cabine.

— Entrez, lancé-je tout en lissant ma robe avec mes paumes.

Toute un groupe s'entasse dans la cabine – quatre hommes et une femme, plus Alexei. Son visage est sombre et tendu, sa mâchoire contractée en un angle dur et dangereux.

S'inquiète-t-il à ce point pour moi ?

Non. Je refuse d'envisager cette possibilité. Quelle que puisse être l'origine de son obsession d'une décennie pour moi, je doute que ça ait le moindre rapport avec de l'amour sincère. Si j'étais vraiment malade et pas juste enceinte, il ne voudrait sûrement pas de moi. Il a gardé ses distances, la dernière fois que je me suis sentie mal.

Cette pensée amère me prend de court. Je voulais qu'il garde ses distances, qu'il me laisse tranquille après la mort de mes parents, non ? Chacune de mes rencontres avec lui déclenchait des migraines et des accès de dépression, alors j'étais bien contente qu'il m'épie de loin au lieu de s'imposer dans ma vie.

Je ne lui en veux pas d'être resté à l'écart.

Je ne peux pas.

Ça n'aurait aucun sens.

Alexei me présente les nouveaux arrivés et je m'oblige à me concentrer.

— ... en Suisse, et c'est l'un des meilleurs neurologues d'Europe, est-il en train de m'expliquer à propos d'un petit homme à lunettes.

Il porte un pantalon en lin gris et une chemise blanche.

— Bonjour, Madame Leonov, dit le neurologue suisse dont je n'ai pas entendu le nom dans un anglais à l'accent français. C'est un plaisir de vous rencontrer.

Je lui adresse mon sourire le plus charmeur même si je grimace intérieurement à son *Madame Leonov*.

— Tout le plaisir est pour moi.

— Et voici le docteur Elizaveta Sergeyevna Bureva, continue Alexei avec un signe de tête vers la seule femme.

C'est une blonde d'âge moyen portant une robe bleu marine à manches courtes.

— C'est l'une des meilleures gynécologues obstétriciennes de Saint-Pétersbourg.

Mon pouls accélère au mot *obstétricienne*.

— C'est un plaisir de vous rencontrer, dis-je en repassant au russe.

Bureva m'adresse un signe de tête poli.

— Pareil pour moi, Alina Vladimirovna, répond-elle dans un anglais au fort accent russe.

Les présentations continuent et j'apprends que les deux autres hommes – le docteur Rousseau, un gastro-entérologue et le docteur Whitman, un hématologue – viennent de Londres, où ils ont chacun leur propre clinique. Je ne sais vraiment pas comment Alexei a réussi à rassembler une équipe de classe mondiale dans un délai très court, ni quel type de sous-marin les a amenés ici, mais plus on est de fous, plus on rit, en ce qui me concerne.

L'une de ces personnes va peut-être faire une erreur qui permettra à mes frères de retrouver ma trace. Ce pourrait être quelque chose d'anodin, comme une note me concernant dans le cloud ou un transfert bancaire sur l'un de leurs comptes de la part des Leonov – Konstantin a sûrement demandé à ses hackers d'écumer le Net à la recherche de ce genre d'indice.

J'imagine mes frères venant à mon secours et mon estomac se serre. La nausée revient, accompagnée par une légère palpitation au niveau des tempes.

Bordel. Je ne peux même pas profiter de mes rêves d'évasion.

Avec effort, je me reconcentre sur la conversation.

— … permission, nous aimerions vous faire une prise de sang, passer quelques examens et faire une IRM, en nous concentrant sur votre cerveau, me dit le neurologue.

Je cligne des paupières.

— Vous avez apporté une machine à IRM ? Ce n'est pas énorme, et ça ne nécessite pas une salle spéciale, et tout ça ?

— Pas ce prototype-là, répond-il. C'est une unité mobile qui requiert moins de puissance, même si ce n'est pas un problème ici.

Il lance un regard admirateur à Alexei. Je fronce les sourcils, perplexe.

— Ah non ?

On est pourtant sur un bateau au milieu de l'océan, non ?

— Le sous-marin fonctionne à l'énergie nucléaire,

explique Alexei d'un ton aussi désinvolte que s'il parlait de comment faire un gâteau. C'est l'une des utilisations qu'on fait de nos réacteurs portables.

Si Nikolai ou Valery étaient ici, ils voudraient connaître tous les détails à ce sujet. Atomprom, l'une des entreprises des Leonov, est le principal concurrent de mes frères dans le domaine du nucléaire. Mais après tout, ils sont peut-être déjà au courant de tout ça et travaillent peut-être sur une utilisation similaire de nos réacteurs nucléaires portables. Quoi qu'il en soit, j'ai d'autres soucis pour l'instant, comme le fait que je recommence à avoir des vertiges.

Je m'assois avec discrétion, espérant le cacher.

Je ne suis pas assez discrète, apparemment. Alexei tourne les yeux vers moi et les étrécit.

— Tu es encore malade ?

Je suppose qu'il est inutile de le cacher, maintenant. Après tout, ces médecins sont ici pour moi.

— Un peu, dis-je.

Je prends une grande inspiration quand mes tempes se remettent à palpiter.

— Je crois que c'est une autre migraine.

Les médecins ont déjà sorti leurs blocs-notes.

— Pouvez-vous nous décrire vos symptômes, Madame Leonov ? demande Rousseau.

Je prends une inspiration et la relâche lentement.

— Nausée, vomissements, vertiges occasionnels. Je me suis évanouie une ou deux fois. Des maux de tête et des migraines, mais j'en ai toujours eu, alors…

— Depuis combien de temps ? s'enquiert le

neurologue dont je devrais vraiment apprendre le nom. Quand a commencé chaque symptôme ?

— J'ai des migraines depuis la fin de l'adolescence. Elles ont empiré quand... eh bien, j'ai eu quelques ennuis familiaux quand j'avais dix-neuf ans.

Je déglutis et balaie les souvenirs.

— Les nausées et les vertiges ne surviennent que depuis une semaine, environ.

Depuis qu'Alexei m'a mise enceinte, ai-je envie d'ajouter, mais je ne le fais pas, parce que c'est leur boulot de déterminer ça. Je ne sais pas pourquoi ça requiert une équipe entière de spécialistes plutôt qu'un simple gynécologue obstétricien, ou même un test de grossesse ordinaire comme on en trouve dans toutes les pharmacies.

Ce n'est pas comme si j'étais vraiment malade.

— Alors vous n'avez jamais éprouvé de malaises ou de nausées avant ? insiste le neurologue. Durant les migraines, peut-être ?

— Oh. Eh bien, si. En général, j'ai des nausées pendant mes plus grosses crises. Et pour ce qui est des malaises...

Je réfléchis.

— Oui, c'est arrivé, je crois.

Les antidouleurs que je prends ont tendance à m'assommer et ça me donne clairement des vertiges.

— Avez-vous d'autres symptômes gastro-intestinaux ? m'interroge Rousseau tout en prenant des notes. Maux d'estomac, diarrhées ou quoi que ce soit de ce genre ?

— Pas vraiment. Enfin... peut-être un peu à cause des médicaments, admets-je.

Rousseau relève vivement la tête.

— Quels médicaments ? Qu'est-ce que vous prenez ?

Je soupire et lui énumère la liste de toutes les pilules qu'on m'a prescrites au fil des années. À mesure que je les énonce, je vois une expression désapprobatrice se peindre sur le visage des médecins.

— Les antidouleurs sont la seule chose qui m'aide vraiment, protesté-je quand ils ont fini de griffonner leurs notes. Je ne suis pas dépendante, je le jure.

J'ai peut-être abusé des pilules à certaines périodes de ma vie, mais j'ai toujours réussi à arrêter.

— Elle fume aussi de l'herbe, intervient Alexei.

Je lui lance un regard noir pendant que les médecins griffonnent sur leurs blocs-notes.

— De quand datent vos dernières règles ? me demande Bureva, son stylo levé. Pourriez-vous être enceinte ?

Enfin, on avance.

— C'était il y a environ trois semaines et oui, il y a de fortes chances.

Je lance un regard mauvais à Alexei, mais il ne me regarde pas. Il observe la gynécologue obstétricienne, qui prend des notes en fronçant les sourcils, pour une raison inconnue.

— À quoi ressemblent vos crises de vertige ? demande le neurologue. Pouvez-vous me les décrire ?

Je pousse un soupir frustré.

— Pourquoi ? Je suis enceinte, d'accord ? C'est tout. Faites-moi pisser sur un bâton, qu'on en finisse.

J'ai parlé d'un ton sec, mais je ne peux pas m'en empêcher. Ma migraine empire à chaque seconde qui passe et des points noirs sont apparus à la périphérie de ma vision. Si je ne m'allonge pas, je risque de m'évanouir, et ils seront sûrement ravis de voir ça.

Bureva lève les yeux de son bloc-notes.

— Si mes calculs sont exacts, il est peu probable que vous ayez des nausées matinales, Alina Vladimirovna, dit-elle d'un ton égal et un peu détaché. Puisque vous avez eu vos règles durant ce cycle, votre taux de HCG ne devrait pas être assez élevé pour induire des symptômes aussi forts. Mais il y a toujours des exceptions et nous allons bien sûr vérifier si vous êtes enceinte. Pour l'instant, pouvez-vous me dire combien de temps durent vos cycles et s'ils sont réguliers ?

Qu'est-ce qu'elle est en train de dire ? Si ce n'est pas une grossesse, alors qu'est-ce que c'est ?

Je m'humecte les lèvres. J'ai soudain la bouche sèche.

— Tous les vingt-huit jours, environ, et ils sont réguliers, oui.

— Encore une fois, pouvez-vous me décrire vos accès de vertige ? demande le neurologue. Désolé d'insister, mais c'est important. Quand vous éprouvez un vertige ou un malaise, est-ce que vous voyez des flashs de lumière ou des points ?

Un drôle de frisson m'envahit l'estomac.

— Je vois des points, je crois.

— Pas de flashs ? insiste-t-il.

— Il y a eu les flashs de l'appareil photo. Au mariage. Le frère d'Alexei prenait des photos et…

Je hausse les épaules avec impuissance et lance un regard à Alexei.

Il est aussi immobile qu'une statue et me regarde, la mâchoire si serrée que j'ai peur qu'il se casse les dents. Est-il en colère ? Ébranlé ? Mon estomac se serre et je reporte mon attention sur les médecins, qui discutent entre eux à voix basse.

— Nous allons récupérer le reste de vos antécédents médicaux, puis nous effectuerons tous les tests, annonce Rousseau.

Je hoche la tête et déglutis pour repousser une vague de nausée, puis je fais de mon mieux pour répondre à toutes leurs questions. Quand ils ont terminé, Whitman me fait une prise de sang – une quantité ridicule, au moins quinze fioles – puis Alexei m'emmène sur le pont. Je lui affirme que je peux marcher mais comme d'habitude, il m'ignore. Ruslan, Larson et Vika sont là, debout près du bastingage et les yeux fixés sur quelque chose.

Le sous-marin. Il est à côté du yacht et le sommet dépasse de l'eau comme l'aileron massif d'un requin métallique. Je ne sais pas quelle taille il fait, sous l'eau, mais la partie visible est au moins aussi grande que le yacht. Je ne sais pas à quoi je m'attendais, mais sûrement pas à quelque chose d'aussi gigantesque. Est-il de catégorie militaire ? Je crois bien que oui, et si c'est le cas, je me demande à quelle armée les Leonov l'ont emprunté – ou pour quelle armée ils les fabriquent.

Avec les Leonov, on ne sait jamais où ils envoient leurs espions louches.

Un million de questions bourdonnent dans ma tête, mais je n'ai pas le temps d'en poser une seule, parce qu'Alexei me porte jusqu'à l'échelle à tribord et me repose sur mes pieds devant elle.

— Tu crois pouvoir descendre ? demande-t-il avec un signe de tête vers le canot gonflable qui flotte sur l'eau en contrebas. Sinon, je peux t'attacher à moi et te porter sur mon dos.

— Je peux descendre, affirmé-je en prenant un ton aussi assuré que possible. Sérieusement, je vais très bien.

Il n'a pas l'air de me croire, mais répond :

— Très bien. Je descends en premier pour pouvoir te rattraper au cas où. Ruslan, soutiens-la pour les premiers barreaux.

Le frère d'Alexei est déjà près de mon coude.

— Je m'en occupe, répond-il sans une seule trace de son sarcasme habituel. Je la tiens, ne t'en fais pas.

Je lève les yeux au ciel et attrape l'échelle. Aux dernières nouvelles, une grossesse ne fait pas de vous une invalide – parce que je suis toujours convaincue qu'il s'agit de ça. J'ignore la nausée et les points noirs qui dansent dans mon champ de vision et descends l'échelle. Les bras forts d'Alexei m'attrapent dès que je suis à sa portée. Puis le canot nous emmène jusqu'au sous-marin et nous devons encore descendre, dans les profondeurs de ce qui doit être un énorme vaisseau sous-marin, cette fois.

Il y a au moins un long couloir, avec un tas de portes de chaque côté. Derrière l'une de ces portes se trouve une salle remplie de toutes sortes d'équipements médicaux. Alexei me porte jusque-là – alors que je peux très bien marcher toute seule et que je le lui ai dit, encore une fois. Le neurologue entre à notre suite. Je suppose que c'est lui qui va utiliser la machine à IRM mobile qui occupe le milieu de la salle. Son aspect *mobile* est discutable. Cette machine est énorme, et c'est logique sachant qu'elle va scanner tout mon corps.

Quand j'en approche, je songe soudain à quelque chose.

— Une seconde, dis-je en me tournant vers le neurologue. Ce n'est pas dangereux si je suis enceinte ? Je ne veux pas…

Je déglutis et détourne les yeux d'Alexei, qui me scrute avec une drôle d'expression.

— Je n'ai pas envie que le bébé soit blessé, s'il y en a un.

Ce qui est le cas. J'en suis certaine.

— La résonance magnétique n'est pas dangereuse pour un fœtus en développement, répond le médecin.

Je prends une grande inspiration.

— OK. Allons-y, alors.

Peut-être qu'une fois que je me serai débarrassée de tous ces tests, je pourrai glisser une note aux médecins pour qu'ils la transmettent à mes frères – ou je trouverai peut-être une meilleure idée pendant que l'IRM fait son œuvre.

CHAPITRE 28

ALINA

Je n'ai rien trouvé de mieux quand le scanner se termine. En fait, je ne sais même pas si j'aurai l'occasion d'écrire une note sans qu'Alexei me voie. Puisque je n'ai accès ni à du papier ni à un stylo, je devrai emprunter l'un de ceux des médecins, ainsi que leur bloc-notes – et je ne vois pas comment je pourrais faire ça de manière subtile.

Bien sûr, si aucune idée ne me vient, c'est peut-être à cause de la furieuse migraine qui m'accable, aggravée par les claquements, les bips et les battements de la machine. Je me sentais si mal que je suis juste soulagée de ne pas avoir vomi pendant que j'étais là-dedans. Pendant quelques minutes, vers la fin, c'était limite. Ça l'est toujours, d'ailleurs.

Je dois être un peu verdâtre quand je ressors de la machine, parce qu'Alexei me fait aussitôt passer une porte pour m'emmener dans ce qui s'avère être une petite salle de bains. Je commence à être tellement habituée à ce qu'il me porte partout que je ne prends même plus la peine de protester. Mes jambes sont un peu flageolantes, en plus, alors ce n'est pas plus mal.

— Bureva veut un échantillon d'urine, dit-il en me déposant sur mes pieds avec prudence près des toilettes.

Un gobelet en plastique scellé attend déjà dessus.

— Tu penses pouvoir y arriver, ou tu as besoin de mon aide ?

Oh, bon Dieu. Que quelqu'un m'abatte.

— Oui, je peux me débrouiller. Laisse-moi tranquille, maintenant, s'il te plaît.

Non seulement je refuse d'uriner devant lui, mais j'ai besoin qu'il sorte pour pouvoir vomir sans mourir de honte.

Alexei me scrute.

— Je serai juste derrière la porte. Appelle si tu as besoin de quoi que ce soit. Et ne verrouille pas la porte. Je l'enfoncerai si tu fais ça.

Je parviens à lever les yeux au ciel.

— Oui, docteur Leonov. Va-t'en, maintenant, s'il te plaît.

Il sort et je m'agrippe au bord du lavabo. La nausée reflue un peu. Je ne vais peut-être pas vomir. Juste au cas où, je noue mes cheveux en chignon avant de prendre de longues inspirations lentes. Ça ne m'aide pas beaucoup. L'air me paraît vicié, sûrement parce qu'on est sous l'eau. Malgré ça, je parviens à leur procurer l'échantillon requis sans vomir, et quand je me lave les mains, la nausée s'est estompée.

— L'échantillon est dedans, dis-je à Alexei en sortant. Est-ce que je dois passer d'autres tests ?

La réponse est oui, bien sûr. Bureva pratique un examen pelvien et une échographie de mon ventre. Quand tout est terminé et qu'Alexei me ramène au yacht, je suis si épuisée que je n'éprouve aucun enthousiasme à mon plan puéril de glisser une note furtive aux médecins.

De qui je me moque, de toute façon ? Même si j'y arrivais, ils se contenteraient sûrement de la lire avant de la donner à mon mari.

Alors quand les médecins s'entassent dans la cabine quelques minutes plus tard, je ne prends pas la peine de tenter quoi que ce soit. Je dois mobiliser toute ma volonté pour rester en position assise, affaissée contre Alexei et soutenue par son bras enroulé autour de moi, et pour ne pas le supplier de me donner des antidouleurs pour la migraine qui me fend le crâne en deux.

J'ai tellement mal à la tête qu'au début, je ne remarque pas le visage grave des médecins. Alexei s'en rend compte, lui. Son corps se statufie à côté du mien et c'est ce qui m'indique que quelque chose ne va pas du tout.

Le neurologue – le docteur Kressler, j'ai enfin appris son nom – a l'air particulièrement lugubre.

— Madame Leonov, commence-t-il, les sourcils froncés et son accent français plus prononcé. Je crains d'avoir de mauvaises nouvelles à vous annoncer.

Il prend une grande inspiration et continue :

— L'IRM a révélé une masse au niveau de votre lobe frontal.

Je le dévisage sans comprendre.

— Une masse ?

— Une tumeur, précise-t-il. Je ne peux vous donner de diagnostic définitif sans une biopsie, mais je pense qu'il s'agit d'un type de gliome – peut-être un oligodendrogliome, un type de tumeur cérébrale qui se développe dans les cellules gliales appelées oligodendrocytes.

Une tumeur cérébrale. Un cancer, en d'autres termes. Dans le cerveau.

Alexei resserre le bras autour de moi, me donnant du mal à respirer. À moins que je n'arrive pas à respirer parce que les mots qui sortent de la bouche du médecin s'enroulent autour de ma gorge comme un poing. Mon esprit est vide et bourdonne, comme si mon cerveau était rempli d'électricité statique. Est-ce l'œuvre de la tumeur ? Non, ça n'aurait aucun sens. Il y a une minute, j'arrivais encore à réfléchir, malgré ma migraine atroce. Une tumeur ne peut pas agir aussi vite… si ?

La voix dure et tendue d'Alexei me parvient de loin.

— Qu'est-ce qu'on peut faire ? Vous pouvez la soigner ?

— Il n'existe aucun remède, commence Kressler.

Il pâlit, sûrement à cause de ce qu'il voit sur le visage d'Alexei.

— Mais il existe un traitement, bien sûr, s'empresse-t-il d'ajouter. Son déroulement dépendra du diagnostic exact, en particulier du type de tumeur.

Tout ce que je peux vous dire avec certitude, c'est que ça impliquera une opération chirurgicale, durant laquelle nous retirerons autant de la tumeur que possible et en ferons une biopsie. S'il s'agit d'une tumeur à évolution lente, et donc de bas niveau, ça suffira peut-être. Mais si elle est anaplasique, de haut niveau et à évolution rapide, ce que je soupçonne compte tenu de son apparence sur les scanners, la radiothérapie et la chimiothérapie seront aussi nécessaires.

Une opération. Radiothérapie. Chimiothérapie.

Chaque mot tombe dans mes oreilles comme les coups de hache du bourreau, transperçant l'électricité statique, traversant la stupeur qui me paralyse sur place.

— Le pronostic… commencé-je, étonnée que ma voix soit parfaitement calme. Quelle est mon espérance de vie si c'est une oligo je ne sais pas quoi de haut niveau ? Combien de temps il me reste ?

Kressler déglutit et tourne les yeux sur ma droite, regardant sûrement Alexei.

— Chaque cas est différent, alors je ne peux vous le dire avec certitude. Beaucoup de facteurs entrent en compte : l'âge du patient, l'emplacement exact de la tumeur, s'il y a une co-délétion du 1p/19q…

— Quelle est votre meilleure conjecture, alors, intervient Alexei.

Son ton est si dur que je tressaille presque – et toutes les autres personnes présentes dans la pièce le font bel et bien.

— Un oligodendrogliome de bas niveau a un taux de survie de cinq ans d'environ soixante-dix pour cent, répond Kressler après un silence tendu. Pour ce qui est d'un oligodendrogliome, c'est un pourcentage de trente pour cent.

Alors j'ai soit deux chances sur trois, soit une chance sur trois de survivre jusqu'à mon trentième anniversaire. Et dire qu'il y a quelques heures, ma seule crainte s'agissant de ma santé était de savoir si j'avais besoin de vitamines prénatales.

Je ne sais pas si je dois rire ou pleurer. Le sort semble décidé à s'acharner sur moi.

— Je suppose que je ne suis pas enceinte, alors, dis-je d'un ton un peu hébété.

Bien sûr que je ne le suis pas. Tous les symptômes que j'attribuais à un début de grossesse sont dus à quelque chose de bien plus pernicieux que le bébé d'Alexei.

Je m'adresse à Kressler, mais c'est une femme qui me répond dans un anglais au fort accent russe.

— En fait, Alina Vladimirovna… dit Bureva d'un ton toujours froid et détaché, même si son regard est plein de compassion. Vous êtes bien enceinte. Même si c'est trop récent pour que les HCG soient décelables dans l'urine, un test sanguin est plus précis. Vos niveaux d'HCG sont encore assez bas, mais à un taux qui indique une grossesse en développement. Si la date de départ estimée de vos dernières règles est correcte, vous êtes enceinte d'environ trois semaines.

CHAPITRE 29

ALEXEI

Quand j'avais sept ans, je suis tombé dans la cave d'une vieille cabane située dans la retraite estivale de mon père, dans les montagnes de l'Oural. J'ai passé deux nuits là-dessous, avec un bras cassé et une cheville foulée, à sentir les araignées et les rats ramper sur moi, convaincu que j'allais être dévoré vivant avant qu'on me retrouve.

Jusqu'à aujourd'hui, c'était l'expérience la plus traumatisante de ma vie.

Et le jour où je me suis senti le plus furieux.

— Répétez-moi ça.

Même à mes propres oreilles, ma voix ressemble au grognement d'un loup enragé.

— La partie qui concerne le taux de survie.

— Monsieur Leonov... répond Kressler d'une voix un peu tremblante. Je comprends que vous soyez ébranlé. Je déteste apporter de mauvaises nouvelles, croyez-moi, et de toute façon, chaque cas est différent. Par exemple, l'âge joue un rôle important, et votre femme est encore jeune. En plus, l'emplacement de la tumeur dans le lobe frontal est un facteur clinique favorable pour le pronostic. Alors il n'y a vraiment...

— Je suis enceinte de trois semaines ? l'interrompt Alina d'un ton incrédule, les yeux fixés sur Bureva.

Elle repousse mon bras et bondit sur ses pieds.

— Comment c'est possible, alors que je ne suis là que depuis une semaine ?

C'est tout ce qui l'inquiète ? J'ai envie de la secouer. Ou mieux encore, de l'emporter quelque part où je pourrai la protéger. Sauf qu'il n'existe aucun endroit sûr. Le danger est en elle, à l'intérieur.

Il est dans sa tête.

J'ai envie de hurler comme le loup mentionné plus tôt. De tuer tous les foutus médecins sur ce bateau. En fait, non. Je veux tuer tous les médecins qui l'ont traitée toute sa vie sans jamais remarquer ça. Parce que ça doit être là depuis un moment, à en croire ses migraines, non ?

Et elle est enceinte.

La terreur me transperce de plus belle.

Elle est malade *et* enceinte.

— La durée de la grossesse est déterminée à partir de la date de vos dernières règles, répond Bureva, son ton professionnel me mettant sur les nerfs. Durant votre période d'ovulation, vous êtes déjà considérée comme enceinte de deux semaines, et au moment où vous avez sauté vos règles, vous êtes enceinte d'environ quatre semaines.

Qu'est-ce qu'on en a à foutre, de la façon dont la durée d'une grossesse est comptée ? Je veux savoir ce qu'ils vont faire pour sauver la vie d'Alina.

Et du bébé.

Non, je ne peux pas penser à ça.

Je me lève et m'avance vers Kressler.

— Quelles sont les prochaines étapes ? Vous avez besoin de lui faire passer d'autres examens ?

Il pâlit quand je m'arrête devant lui, mais se ressaisit vite.

— Oui, tout à fait. Les machines que nous avons apportées sont loin d'être aussi avancées que ce dont nous disposons chez nous. Nous devons aussi programmer l'opération de votre femme le plus tôt possible pour nous faire une meilleure idée de ce à quoi on a affaire.

Il lance un regard nerveux à Alina avant de reporter son attention sur moi.

— Il s'agira d'une opération du cerveau en état d'éveil, durant laquelle votre femme sera réveillée de l'anesthésie dès que nous aurons ouvert son crâne. Nous interagirons avec elle tout en pratiquant l'opération, pour nous assurer de ne trancher aucun tissu sain.

Ils vont lui ouvrir le crâne.

Et lui découper le cerveau sans anesthésie.

Il se fout de moi ?

Kressler fait un pas prudent en arrière.

— Nous mettrons tout en œuvre pour nous assurer que la patiente est à l'aise durant la procédure. Le cerveau ne contient aucun récepteur de douleur, ce n'est donc pas aussi affreux que ça en a l'air. Notre meilleur neurochirurgien pratiquera l'opération et il a un excellent palmarès, s'agissant de préserver les tissus cérébraux sains.

Je crispe les poings.

— Rien à foutre de son palmarès. S'il touche à un seul de ses cheveux…

— Et pour le bébé ? m'interrompt Alina en regardant Bureva. L'opération, l'anesthésie… ça ne sera pas bon pour lui ou elle, si ?

Merde. Je suppose qu'on n'a pas le choix, on doit aussi penser à ça.

Bureva hoche la tête d'un air grave.

— Vous avez raison, Alina Vladimirovna. Le déroulement du traitement décrit par le docteur Kressler est incompatible avec une grossesse saine. En fait…

Elle prend une inspiration.

— S'il s'avère que vous avez besoin de radiothérapie et de chimiothérapie, vous devrez congeler vos ovules, si vous en avez l'occasion. Autrement, vous ne pourrez peut-être jamais avoir d'enfants.

Lorsqu'Alina chancelle sur ses pieds à ce nouveau choc, je repousse ma terreur et ma peine pour l'attirer dans mes bras.

CHAPITRE 30

ALINA

Soit je suis trop sous le choc pour digérer ce qu'il se passe, soit tout se passe en un clin d'œil. Alexei me ramène au sous-marin en compagnie de Ruslan, tout en aboyant des ordres à Larson et Vika, qui restent sur le yacht. Les médecins nous suivent comme un comité de vautours aux visages sinistres, et dès que la trappe s'est refermée au-dessus de nous, les moteurs de l'énorme vaisseau sous-marin s'allument. Mon estomac se retourne quand je nous sens piquer vers le bas.

C'est une drôle de sensation, de savoir qu'on plonge dans les profondeurs de l'océan pendant que je suis dans les bras d'Alexei, portée dans le couloir. C'est comme s'il était Poséidon et m'emportait dans les abysses. Ou bien Hadès m'emmenant dans le monde souterrain. Quoi qu'il en soit, je suis bien contente de ne pas être claustrophobe.

En d'autres circonstances, je serais fascinée par

notre moyen de transport – Le *Vingt mille lieues sous les mers* de Jules Verne était l'un de mes livres préférés quand j'étais petite. Mais à cet instant, je ne songe pas à la merveille d'ingénierie qu'est ce sous-marin, ni aux incroyables créatures des profondeurs qui nagent peut-être autour de nous. Au lieu de ça, mes pensées sont emmêlées et chaotiques, mon cerveau apparemment gangrené par une tumeur se répète les paroles des médecins en boucle.

Chimiothérapie, radiothérapie... taux de survie de trente pour cent.

Incompatible avec une grossesse saine.

Ne pourrez peut-être plus jamais avoir d'enfant.

Je ferme les yeux et enfouis mon visage contre le cou d'Alexei. Il est chaud et solide, la seule chose qui semble réelle dans un monde soudain renversé sur son axe. Son parfum familier – forêt hivernale, océan et cuir – m'aide à garder pied, alors que la panique et l'angoisse menacent de me suffoquer.

Nous atteignons notre destination bien trop vite, une cabine dénuée de fenêtre et meublée d'un lit de taille convenable, où Alexei me dépose avec délicatesse avant de s'asseoir au bord du matelas.

Sous son bronzage, sa peau est pâle, sa bouche forme une ligne dure sur son visage.

— Ce n'est pas encore sûr, dit-il d'un ton farouche en serrant ma main. Ce ne sont que des suppositions, pour l'instant. Tu as entendu Kressler, ils vont devoir faire d'autres examens. Ce n'est peut-être rien. Les machines étaient peut-être défectueuses.

Anna Zaires

— Tu n'y crois pas vraiment, dis-je en fermant les yeux.

Je suis exténuée. J'ai juste envie de dormir. À mon réveil, je découvrirai peut-être que tout ça n'était qu'un horrible cauchemar. Au moins, si je dors, je n'aurai pas à songer à ce que signifiera le diagnostic pour moi et la petite vie qui grandit en moi.

Ou pour Alexei, dont l'obsession d'une décennie l'a affublé d'une femme défectueuse et mourante.

Non, je ne supporte pas de penser à tout ça pour l'instant.

Je cède à mon épuisement et plonge dans un sommeil lourd et agité.

————————

Quand je me réveille, nous ne sommes plus dans le sous-marin. Je ne sais pas où nous sommes, mais une migraine me martèle le crâne et j'ai la nausée, alors dès que j'ouvre les yeux, je fonce vers une porte que j'espère mener à une salle de bains. J'ai de la chance – il s'agit effectivement d'une petite salle de bains – et après avoir vomi mes tripes, je me lave le visage, me brosse les dents et me rends présentable du mieux que je peux sans mon arsenal habituel de maquillage. Je ne porte plus mes vêtements non plus ; au lieu de ça, je porte juste un T-shirt noir trop grand – sûrement celui d'Alexei vu qu'il m'arrive presque aux genoux.

Je suppose qu'approvisionner cet endroit, où qu'on soit, n'était pas une priorité pour mon mari.

244

C'est peut-être à cause de la couleur noire du T-shirt, mais mon visage me semble blafard et tourmenté, dans le petit miroir au-dessus du lavabo. Sans mon eye-liner noir et mon rouge à lèvres écarlate habituels, je ressemble à une pâle copie de moi-même. Ce qui n'a pas grande importance – je serai bientôt dans un état bien pire.

Je repousse cette pensée avant qu'elle ait pu m'étouffer dans un linceul noir de désespoir, reviens dans la chambre et tente de déterminer où je suis.

Les fenêtres circulaires, les nuages blancs duveteux en contrebas et le rugissement régulier de moteurs puissants me laissent deviner que je suis dans un avion, ou plus spécifiquement, dans un jet privé luxueux doté d'une chambre et d'une petite salle de bains attenante.

Je suis aussi toute seule – ce qui ne me surprend pas du tout.

La lune de miel est terminée, et c'est peut-être aussi le cas de notre mariage.

Mon estomac se serre douloureusement et j'ai à nouveau la nausée.

Arrête, m'intimé-je. Je me moque de ça. Si Alexei ne veut plus de moi, ça ne peut qu'être une bonne nouvelle. Je ne peux pas être attristée par cette conséquence de mon diagnostic. Pour ce qui est de tout le reste, par contre… je pose une main sur mon ventre.

Le bébé.

Elle ne s'en sortira pas, si j'entame ce traitement.

Elle ne s'en sortira peut-être pas quoi que je fasse.

Je ne sais pas pourquoi j'ai décidé que c'était une fille, mais j'en suis convaincue.

J'ai une fille qui ne survivra peut-être pas jusqu'à sa naissance.

J'ai l'impression qu'une voiture m'a roulé sur la poitrine et des larmes acides me brûlent les yeux. Je ne voulais pas de ce bébé, mais maintenant qu'elle est là, maintenant que j'ai la preuve de son existence dans mon sang, je ne m'imagine pas ne pas l'avoir. Pour l'instant, elle n'est que quelques cellules en train de se diviser à toute vitesse, mais je la vois déjà comme elle pourrait être – un nouveau-né gigotant au visage rouge et qui aura les yeux noirs d'Alexei... un bambin rieur aux joues rondes et un penchant pour s'attirer des ennuis.

Je la vois de manière si saisissante que c'en est douloureux.

Un bruit me fait lever vivement la tête.

C'est l'autre porte de la pièce.

Elle s'ouvre et Alexei entre.

— On atterrit à Genève dans quelques heures, m'annonce-t-il.

Pour la première fois depuis que je le connais, il a l'air fatigué, ses yeux noirs sont cernés et la ligne anguleuse de sa mâchoire est couverte d'un début de barbe.

Ne s'est-il pas reposé du tout depuis tout ce temps ?

J'éprouve soudain l'envie de poser la paume sur sa joue mal rasée et de lui dire que tout ira bien, que tout va s'arranger. Au lieu de ça, quand il approche, j'essuie les larmes sous mes joues et m'assoie sur le lit, me préparant à ce qu'il s'apprête à me dire.

Puisque les avions sont bien plus faciles à localiser que les bateaux, me dissimuler à mes frères n'est clairement plus sa priorité. En fait, il va sans doute me remettre à eux avant que mon état devienne critique.

Comme je m'y attendais, il s'assoit sur le lit, tourne la tête vers moi et annonce :

— J'ai prévenu tes frères des développements récents.

De près, son visage semble encore plus fatigué, presque hagard... et bizarrement, il est encore plus magnétique. Je dois me retenir de tendre la main vers lui et de le supplier de me garder – une envie parfaitement illogique, sachant que j'ai toujours voulu être libérée de lui.

— J'ai aussi programmé les tests de suivi et l'opération, continue-t-il. L'équipe de neurochirurgiens de Kressler nous attend déjà, et on va rejoindre la clinique dès qu'on aura atterri.

Chaque mot qu'il prononce me donne l'impression que la voiture mentionnée plus tôt recule et roule de manière répétée sur mon corps.

— À propos de ça...

Je déglutis, les tripes nouées à l'idée de ce que je m'apprête à dire.

— Je ne suis pas sûre de vouloir procéder à l'opération ou suivre le traitement. Pas compte tenu de ça, dis-je en posant une main sur mon ventre.

Comme si ça pouvait suffire à protéger la petite vie fragile à l'intérieur.

Alexei écarquille les yeux, avant de les plisser dangereusement.

— De quoi tu parles, putain ? Tu vas faire tout ce qu'il faudra pour aller mieux.

— C'est *ma* décision.

— Oh que non, rétorque-t-il entre ses dents serrées. Tu vas faire cette opération et tu vas suivre le traitement. Je ne te laisserai pas mourir.

Je le fusille du regard, mon désespoir se transformant en colère amère.

— Qu'est-ce que ça peut te faire ? Tu vas me remettre à mes frères et continuer ta vie. C'est moi qui…

— Tes frères ? répète-t-il en dilatant les narines. Qui a parlé de te remettre à eux ? Tu es ma femme.

Il serre ma main si fort que c'est douloureux.

— Tu es *à moi.*

Mon rire à un goût de cyanure.

— Ouais, c'est ça. Je suis à toi jusqu'à ce que la chimio me fasse perdre mes cheveux et que je me mette à vomir toutes les heures, hein ? À moins que ce soit jusqu'à ce que tu aies la confirmation officielle que je suis stérile ?

Il tressaille et j'insiste d'un ton paradoxalement triomphant.

— Tu n'avais pas réfléchi à ça, hein ? À moins que cette opération me répare par miracle, ce qui n'arrivera pas, le médecin l'a quasiment dit, mon corps va être irradié et bourré de poison. Même si je survis, je ne serai plus jamais la même. Ma santé, mon apparence, ma capacité à avoir des enfants... tout ça disparaîtra. Au mieux, je ne serai plus que l'ombre de moi-même, je vivrai de scanner en scanner, dans l'attente du retour du cancer.

Je dégage ma main de la sienne et me lève. Des larmes me brûlent à nouveau les yeux quand j'articule d'une voix étranglée :

— Tu as choisi la mauvaise femme à épier pendant dix ans, Alexei Leonov. Autant admettre ton erreur et me laisser à ma famille, où je pourrai mener le restant de ma vie comme je le désire. Qui sait ? Si la tumeur ne me tue pas dans les neuf prochains mois, tu gagneras peut-être un enfant, dans cette histoire.

CHAPITRE 31

ALEXEI

Elle se dirige vers la porte après m'avoir jetée cette grenade au visage et je craque. Ces dix-huit dernières heures ont été les pires de ma vie, et j'ai pourtant connu des périodes vraiment merdiques. Depuis notre conversation avec les médecins, je n'ai pas eu une seconde pour manger ou boire. Putain, je ne me souviens même pas si je suis allé pisser. Entre mes recherches concernant l'état de santé d'Alina, les dispositions à prendre pour l'opération et le trajet du milieu du Pacifique jusqu'à l'Europe, j'ai été presque trop occupé pour m'attarder sur la terreur et la rage qui bouillonnent en moi – *presque* étant le mot clef.

Je la rejoins avant qu'elle ait pu faire deux pas. Je l'attrape par les bras et la retourne face à moi.

— Tu *es* à moi, répété-je, ma voix semblable au grognement d'un animal détraqué et blessé. Pour le meilleur ou pour le pire, jusqu'à ce que la mort nous sépare, tu te souviens ? Je me fous que tu perdes tous tes cheveux ou vomisses non-stop. Je ne te laisserai pas partir. Et j'ai encore moins l'intention de laisser ce truc t'enlever à moi. Tu vas faire l'opération, la radiothérapie, la chimio et tous les traitements qu'on te propose, qu'ils soient approuvés ou expérimentaux, et tu vas vivre, putain ! Tu vas le faire pour moi, si ce n'est pour toi-même, c'est compris ? Tu vas survivre à ça même si je dois t'enfermer dans cette foutue clinique et te bourrer de poison moi-même !

Je ne sais pas comment ni quand mes mains se sont posées sur ses épaules, mais elles y sont et je la secoue pendant qu'elle me dévisage, ses yeux de jade écarquillés et brillants. Je la secoue, puis je l'embrasse, tout le trouble qui m'agite fusionnant en un violent élan de désir. Elle est tout ce que j'ai toujours voulu, et l'éventualité de la perdre donne un côté fou et frénétique à mon désir perpétuel pour elle, mon besoin irrésistible de la posséder et la protéger. Sauf que je ne peux pas faire le dernier pas dans ce cas. Tout ce que je peux faire, c'est lui montrer avec mon corps que je pense ce que je dis, qu'elle *est* à moi et que je ne m'en irai pas, même si la situation empire.

Et elle va empirer, je le sais. Je sais bien plus à ce sujet qu'elle, parce que j'ai passé des heures à me renseigner sur les différents types de gliomes, à parler à Kressler et ses collègues et à obtenir une troisième, quatrième et cinquième opinion sur les scanners effectués jusqu'ici – tout indique qu'un dur combat nous attend. Et elle en ressortira victorieuse. Je vais m'en assurer. Et je n'ai aucune intention de la laisser affronter ça toute seule. Ou pire, abandonner.

Je sens le goût de ses larmes quand j'approfondis le baiser. Le sel se mêle au parfum mentholé de son dentifrice et à la douce tendresse de ses lèvres, me rappelant les autres fois où je l'ai fait pleurer. Mais c'est différent, cette fois. Ce n'est plus un jeu entre nous. Les enjeux sont bien trop élevés – et cette certitude m'encourage à continuer, m'emplit d'un désespoir qui ne fait qu'ajouter à mon désir sauvage.

J'arrache mes lèvres des siennes, la retourne dans mes bras et enfonce les dents dans les tendons crispés à la base de son cou. Elle hoquette se cambre contre moi, levant les mains pour les refermer dans mes cheveux. Je prends le bas de son T-shirt dans mon poing et le relève jusqu'à sa taille. Je devrais être délicat, prudent, compte tenu de son état de santé fragile, mais un animal féroce semble avoir pris le contrôle de moi, et je ne peux retenir le grognement qui s'échappe de ma gorge quand je lèche l'endroit que je viens de mordre. Puis je la pousse vers le lit et la plie en deux dessus, exposant les globes pâles, ronds et délicieux de ses fesses ainsi que la fente rose et brillante de son sexe.

Je tremble de désir, mon avidité pour elle me fait tressaillir quand j'ouvre ma braguette et libère mon membre, avant d'enfoncer deux doigts dans son intimité, étirant la chair tendre et la préparant pour ce qui va suivre. Elle mouille déjà, Dieu merci, son sexe est chaud et visqueux, ses parois internes serrent mes doigts. Si ça n'avait pas été le cas, je ne sais pas ce que j'aurais fait, parce que je ne peux pas me retenir plus longtemps. J'ai envie d'elle avec une intensité qui détruit toute illusion de maîtrise de soi et annule toute tentative d'être délicat.

Je retire mes doigts, aligne mon sexe douloureux contre ses replis et pousse, m'enfonçant d'un seul coup de reins brutal. Elle pousse un cri, le son étouffé contre le drap. Je la prends par les coudes, un dans chaque main, pour lui faire cambrer le bas du dos et lever les fesses, ce qui me permet de la pénétrer plus profondément. Elle crie encore quand je me retire et plonge à nouveau.

Sa chair est douce, soyeuse, humide et serrée, si brûlante que je suis déjà à deux doigts de jouir. Ma vision se réduit en tunnel pendant que je la pilonne, chaque poussée m'emportant plus loin, me rapprochant du précipice. Ses cris gagnent en volume, mêlés à des grognements et des gémissements féminins. Ses parois se contractent autour de mon sexe, le pressant selon un rythme inimitable. Merde, merde, merde... Je rejette la tête en arrière avec un rugissement quand son orgasme déclenche le mien et j'explose en elle, frottant mon aine contre ses fesses tandis qu'une extase violente embrase mon corps et submerge mon cerveau de plaisir chauffé à blanc.

Pendant quelques instants chaleureux et divinement brumeux, j'oublie tout ce qui nous a amenés ici. Je savoure juste la sensation de mes poumons prenant de grandes goulées d'air, l'odeur de sexe et d'elle, la sensation de sa chair chaude et visqueuse serrée autour de mon sexe en train de ramollir. Puis la réalité s'immisce dans mes pensées, je me rends compte que j'ai les doigts enfoncés dans ses hanches et que ce doit être douloureux… et que je l'ai baisée sans préservatif – même si ça n'a plus vraiment d'importance, maintenant.

Elle est déjà enceinte.

Elle a un cancer et elle est enceinte.

Et je viens de la prendre comme une bête vorace.

Je serre les dents et oblige mes doigts à se desserrer, relâchant sa chair ferme. Le brouillard euphorique s'est évanoui, ne laissant qu'un nœud dur et glacé dans ma poitrine.

— Alinyonok…

Ma voix est rauque et tremblante quand je tends à nouveau la main vers elle et la retourne sur le matelas. J'ai envie de la regarder dans les yeux, mais elle a les paupières closes. Je vois les sillons humides sur ses joues, cependant, et pour la première fois, j'ai vraiment l'impression d'être le monstre qu'elle m'a accusé d'être.

Lui ai-je fait du mal ? Si oui, est-ce que c'est grave ?

Avant que j'aie pu lui demander pardon, elle ouvre les yeux et les plonge dans les miens. Des larmes voilent le jade sombre de ses iris, mais c'est la douleur que contient son regard qui fait remonter le nœud glacé dans ma gorge. Ses lèvres d'un rose pâle et nu, rougies par mes baisers, tremblent quand elle murmure :

— Et pour le bébé ? Alexei…

Sa voix se coince dans sa gorge.

— Pour notre petite fille ? Elle va mourir si on fait ça. Elle ne viendra jamais au monde.

Merde. C'est à mon tour de fermer les yeux.

Notre petite fille. Alina pense que nous allons avoir une fille – et il y a cinquante pour cent de chances pour qu'elle ait raison.

J'ai fait tout mon possible pour ne pas voir cette grossesse sous la forme d'un bébé. Je n'en ai même pas parlé avec les neurochirurgiens que j'ai consultés, parce qu'à quoi bon ? Ils ont tous dit que plus tôt on entamerait le traitement, plus Alina aurait de chances de survivre. Le minuscule embryon en train de se former en elle n'entre même pas en considération. Il ne peut pas, pas alors que la vie d'Alina est en jeu. Il n'y a qu'une seule solution : interrompre la grossesse le plus tôt possible et aller de l'avant. Sauf que… elle pense que c'est une petite fille.

J'ouvre les yeux et regarde Alina dans les yeux. Une grosse larme est accrochée à ses cils, et j'ai l'impression qu'un millier de lames dentées me transpercent le cœur une par une. C'est que j'ai si froidement espéré quand je l'ai enlevée : que dès qu'il y aurait un bébé, elle l'aimerait. Elle s'y attacherait, et donc à moi. Je ne pensais pas que ça arriverait dès le stade embryonnaire, mais j'aurais été ravi si ça avait été le cas.

Notre petite fille.

La lame me transperce plus vite, plus violemment.

— Alinyonok… commencé-je d'une voix rauque tout en la regardant dans les yeux. Je ne peux pas te perdre.

Je prends son visage dans mes mains et presse mon front contre le sien.

— Je veux que tu te battes. Et je serai à tes côtés tout du long. On va affronter ça ensemble.

Je sens son souffle sur mon visage. Sa respiration est rapide, irrégulière, elle se coince dans sa gorge de temps en temps. Puis un frisson la secoue et un sanglot s'échappe de sa bouche. Elle enroule les bras autour de mon cou, enfouit son visage contre ma gorge et se met à pleurer.

Elle pleure dans mes bras pendant une heure entière, et je ne peux rien faire à part la serrer contre moi.

Je la garderai toujours contre moi, quoi qu'il arrive.

Extraits en Avant-Première

Merci d'avoir suivi l'aventure d'Alexei et Alina ! Leur histoire continue avec *Destin enchaîné*.

Pour être informés de mes prochains livres, inscrivez-vous à ma newsletter sur www.annazaires.com/book-series/francais/.

À présent, tournez la page pour lire des extraits de *L'Enlèvement* et *Nuits blanches*.

Extrait de L'Enlèvement par Anna Zaires

Kidnappée. Séquestrée sur une île privée.

Je n'aurais jamais cru que cela puisse m'arriver. Je n'ai jamais imaginé qu'une rencontre fortuite la veille de mon dix-huitième anniversaire pourrait ainsi changer ma vie.

Désormais, je lui appartiens. J'appartiens à Julian. Un homme aussi impitoyable que beau. Un homme dont les caresses me consument. Un homme dont la tendresse me fait plus de mal que sa cruauté.

Mon ravisseur est une énigme. Je ne sais ni qui il est ni pourquoi il m'a enlevée. Il y a des ténèbres en lui, des ténèbres qui me font peur tout en m'attirant.

Je m'appelle Nora Leston, et voici mon histoire.

———

Leah vient me chercher à 21 heures.

Elle s'est habillée pour sortir en boîte, un jean noir moulant, un débardeur noir en lurex, des cuissardes à talon haut. Sa chevelure blonde éclaircie par un balayage est parfaitement lisse et lui tombe en cascade dans le dos.

Par contre, je porte encore mes baskets. J'ai caché mes escarpins dans le sac à dos que je laisserai dans la voiture de Leah. Un gros pull dissimule le petit haut sexy que j'ai mis. Je ne suis pas maquillée et j'ai une queue de cheval.

C'est pour n'éveiller aucun soupçon que je quitte la maison comme ça. Je dis à mes parents que je vais passer la soirée avec Leah chez une autre copine. Ma mère me sourit et me dit de bien m'amuser.

Maintenant que j'ai presque dix-huit ans, j'ai la permission de minuit. Enfin, c'est tout comme, il n'y a rien de précis. Du moment que je rentre chez moi avant que mes parents commencent à s'inquiéter ou que je leur dis où je suis, tout va bien.

Une fois dans la voiture de Leah je commence à me préparer.

J'enlève le gros pull, faisant apparaître le débardeur moulant que je porte dessous. J'ai mis un soutien-gorge à balconnet pour donner plus de volume à mes formes plutôt modestes. Les bretelles du soutien-gorge ont été conçues de telle manière qu'elles sont vraiment mignonnes, si bien que ce n'est pas gênant de les voir dépasser. Je n'ai pas de jolies bottes comme Leah, mais j'ai réussi à prendre en cachette ma plus jolie paire d'escarpins. Ils me grandissent d'environ dix centimètres. Comme chaque centimètre compte pour moi, j'enfile les escarpins.

Ensuite, je sors ma trousse de maquillage et j'abaisse le pare-soleil pour me voir dans la glace.

J'y retrouve ces traits que je connais bien : de grands yeux marron et des sourcils noirs bien dessinés dominent mon petit visage. Un jour, Rob m'a dit que j'avais un look exotique et ce n'est pas faux. Bien que je n'aie du sang latino que du côté de ma grand-mère, j'ai toujours l'air d'être un peu bronzée, et mes cils sont d'une longueur inhabituelle. Tes faux cils dit Leah, mais ils sont parfaitement à moi.

Je me trouve pas mal, même si j'aimerais être plus grande. Ce sont mes origines mexicaines qui sont responsables de ma petite taille. Ma grand-mère était toute petite et moi aussi, bien que mes parents soient tous les deux de taille moyenne. Ce qui me serait égal si Jake ne préférait pas les filles de grande taille. Je ne pense même pas qu'il puisse me voir quand on passe dans le couloir, je ne suis pas dans son champ de vision.

En soupirant, je mets du gloss et de l'ombre à paupières. Avec le maquillage, je n'en rajoute pas, je suis mieux en restant naturelle.

Leah augmente le volume de la radio et les dernières chansons pop envahissent la voiture. Je souris et je me mets à chanter avec Rihanna. Leah se joint à moi et bientôt nous entonnons à pleins poumons les paroles de S & M.

En un clin d'œil, nous arrivons à la boîte de nuit.

Nous y entrons avec l'air du propriétaire. Leah adresse un grand sourire au videur et nous sortons nos cartes d'identité.

On nous laisse rentrer sans problèmes.

Nous ne sommes jamais allées dans cette boîte, elle est dans un quartier assez ancien, un peu décrépi du centre-ville de Chicago.

— Comment as-tu trouvé cette boîte ? ai-je demandé à Leah en criant, il faut élever la voix à cause de la musique.

— C'est Ralph qui m'en a parlé, répond-elle, et je roule des yeux.

Ralph est l'ancien petit ami de Leah. Ils ont rompu quand il a commencé à se conduire d'une façon bizarre, mais quoi qu'il en soit ils continuent de se voir. J'ai l'impression qu'il se drogue. Je n'en suis pas sûre et Leah ne veut pas m'en dire davantage, elle a tort de faire preuve de loyauté envers lui. C'est le roi de l'embrouille et le fait que nous soyons venues ici sur ses recommandations n'est pas vraiment rassurant.

Mais peu importe. C'est vrai que le quartier n'est pas super, mais la musique est cool et la diversité des danseurs aussi.

Nous sommes venues faire la fête et c'est exactement ce que nous faisons dans l'heure qui suit. Grâce à Leah, deux garçons nous offrent un verre. Nous n'en buvons qu'un. Leah, parce que c'est elle qui conduit, et moi parce que l'alcool ne me réussit pas. Nous avons beau être jeunes, nous ne faisons pas n'importe quoi.

Après avoir bu, nous allons danser. Les deux garçons qui nous ont invitées dansent avec nous, mais petit à petit nous nous éloignons d'eux. Ils ne sont pas si mignons que ça. Leah trouve un groupe de garçons plus âgés que nous et super sexy et nous nous faufilons vers eux. Elle engage la conversation avec l'un d'eux et je souris en la regardant faire. Elle est vraiment douée pour flirter.

Entretemps, ma vessie m'avertit qu'il faut que j'aille aux toilettes. Alors je les laisse et j'y vais.

En revenant, je demande un verre d'eau au barman. J'ai soif à force de danser.

Il me le donne et je le bois d'un trait. Quand j'ai fini, je pose le verre et je lève les yeux.

Ils en croisent deux autres, deux yeux bleus perçants.

Il est assis à l'extrémité du bar, à trois mètres environ. Et il me regarde fixement.

Je le fixe des yeux à mon tour. Je ne peux pas m'en empêcher. C'est probablement le plus bel homme que j'aie jamais vu.

Ses cheveux sont bruns et légèrement bouclés. Son visage est dur et viril, chacun de ses traits parfaitement symétriques. Des sourcils droits et sombres surplombent ces yeux étonnamment pâles. Une bouche qui pourrait être celle d'un ange déchu.

En imaginant cette bouche toucher ma peau, mes

lèvres, je me mets à brûler. Si j'avais tendance à rougir, je serais rouge comme une tomate.

Il se lève et se dirige vers moi sans me quitter des yeux. Il marche sans hâte. Tranquillement. Il est parfaitement sûr de lui. Et pourquoi en serait-il autrement ? Il est très beau, et il le sait.

À son approche, je me rends compte que c'est un homme imposant. Grand et costaud. Je ne sais pas quel âge il a, mais je devine qu'il est plus proche de trente ans que de vingt. C'est un homme, pas un garçon.

Il se tient près de moi et j'en oublierais presque de respirer.

— Comment t'appelles-tu ? demande-t-il d'une voix douce. Sa voix domine la musique, ses notes graves sont audibles malgré le bruit qu'il y a tout autour.

— Nora, dis-je à voix basse en levant les yeux vers lui. Il me fascine complètement et je suis sûre qu'il s'en rend compte.

Il sourit. Ses lèvres sensuelles s'entrouvrent et révèlent des dents régulières et très blanches.

— Nora. Ce nom me plait.

Il ne se nomme pas alors je prends mon courage à deux mains et lui demande :

— Comment vous appelez-vous ?

— Tu peux m'appeler Julian, dit-il et je regarde le mouvement de ses lèvres. Je n'ai jamais eu une telle fascination pour la bouche d'un homme.

— Quel âge as-tu, Nora ? demande-t-il ensuite.

Je cligne des yeux.

— Vingt-et-un ans.

Il s'assombrit.

— Dis-moi la vérité.

— Presque dix-huit ans, ai-je admis à regret. J'espère qu'il ne va pas le dire au barman et me faire jeter dehors.

Il hoche la tête comme si je venais de confirmer ses soupçons. Et puis il lève la main et me touche le visage. Doucement, légèrement. Son pouce se frotte contre ma lèvre inférieure comme s'il se demandait ce qu'on ressent en le faisant.

Je suis saisie d'un tel choc que je reste là, sans bouger. Personne ne m'a jamais fait une chose pareille, me toucher d'une manière si désinvolte, si possessive. J'ai chaud et froid en même temps, et la peur me serpente le long du dos. Il n'y a pas la moindre hésitation dans ses gestes. Il ne demande pas la permission, il n'attend pas de voir si je vais lui permettre de me toucher.

Il se contente de me toucher. Comme s'il avait le droit de le faire. Comme si je lui appartenais.

Je respire en tremblant et je recule d'un pas.

— Il faut que je parte, ai-je murmuré et de nouveau il hoche la tête en me regardant avec une expression insondable sur son beau visage.

Je comprends qu'il me laisse partir et je lui en suis misérablement reconnaissante, parce qu'au plus profond de moi-même quelque chose me dit qu'il aurait aisément pu aller plus loin et qu'il n'obéit pas aux règles habituelles.

Et je me dis que c'est sans doute l'être le plus

dangereux que j'aie jamais rencontré.

Je me retourne et je me fraye un chemin dans la foule. Mes mains tremblent et mon cœur bat à tout rompre.

Il faut que je parte alors j'attrape la main de Leah et je l'oblige à me ramener à la maison.

En sortant de la boîte de nuit, je me retourne et je le vois de nouveau. Il n'a pas cessé de me fixer des yeux.

Il y a une sombre promesse dans ce regard, quelque chose qui me donne le frisson.

———

Envie d'en lire plus ? Pour en savoir plus, veuillez visiter mon site web à www.annazaires.com/book-series/francais/.

Extrait de Nuits blanches par Anna Zaires & Charmaine Pauls

Le pouvoir. C'est à cela que je pense quand je le repère dans la salle des urgences. Le pouvoir et le danger.

Alex Volkov est l'un des oligarques russes les plus riches du monde. Il est aussi impitoyable que magnétique. Il obtient toujours ce qu'il veut, et ce qu'il veut, c'est moi, dans son lit.

Il représente exactement le genre de problèmes que toutes les femmes devraient fuir, comme en atteste la balle que son garde du corps a reçue à sa place.

Je devrais garder mes distances, mais le temps d'une nuit, je cède à la tentation. Avant que je m'en rende compte, il m'attire plus profondément dans son monde d'excès et de violence, envahissant non seulement ma vie, mais aussi mon cœur.

Puis-je faire confiance à un homme aussi dangereux ?
Que suis-je prête à risquer pour son amour ?

———

Me détournant du lavabo, je jette un œil vers l'endroit où se trouvait le blessé pour croiser une paire d'yeux d'un bleu d'acier rivés sur moi.

C'est l'un des hommes qui accompagnaient la victime, un de ses proches, certainement. En temps normal, les visiteurs ne sont pas autorisés à entrer dans l'hôpital la nuit, mais les urgences sont une exception.

Au lieu de détourner le regard, comme la plupart des gens quand ils sont surpris, cet homme me dévisage fixement.

À la fois intriguée et un brin agacée, je lui renvoie son regard.

Il est grand, plus d'un mètre quatre-vingts, et large d'épaules. Il n'est pas beau au sens traditionnel du terme, ce serait un adjectif trop faible pour le décrire. Non, je dirais qu'il est magnétique.

La puissance. Voilà ce qui me vient à l'esprit quand je le regarde. C'est justifié par l'inclinaison arrogante de sa tête, son regard calme, son air sûr de lui et sa capacité à contrôler son environnement. Je ne sais pas qui il est ni ce qu'il fait, mais ce n'est clairement pas un employé de bureau. Non, c'est un homme habitué à donner des ordres et à les faire respecter.

Ses vêtements lui vont bien. Visiblement hors de

prix, peut-être même sur mesure. Il porte un trench-coat gris, un pantalon anthracite subtilement rayé et des mocassins italiens en cuir noir. Ses cheveux bruns sont coupés court, presque à la manière des militaires. Cette coupe simple met en valeur son visage aux traits symétriques parfaitement dessinés. Il a les pommettes hautes et un nez droit comme une lame avec une légère bosse, comme s'il avait été cassé un jour.

Je suis incapable de lui donner un âge. Son visage n'est pas marqué par le temps, et pourtant il n'a rien de juvénile. Pas la moindre douceur, pas même dans la courbe de sa bouche. Il doit avoir entre trente et trente-cinq ans, mais il pourrait tout aussi bien en avoir vingt-cinq comme quarante.

Il ne bouge pas et notre échange de regards se poursuit en silence, sans qu'il paraisse mal à l'aise le moins du monde. Il reste là, muet et immobile, son regard bleu fixé sur moi.

À mon grand étonnement, mon rythme cardiaque s'accélère tandis qu'un frisson de chaleur déferle dans mon dos. On dirait que la température de la pièce a augmenté de dix degrés. Tout à coup, l'atmosphère devient intensément sexuelle et je prends conscience de ma féminité comme jamais auparavant. Je peux sentir mes dessous soyeux frôler mon entrejambe et ma poitrine avec sensualité. Mon corps tout entier me semble en feu et hypersensible, mes tétons tendus sous mes couches de vêtements.

Oh, merde. C'est donc ça, l'attirance charnelle ? C'est

irrationnel et illogique. La rencontre des esprits et des cœurs, ça n'existe pas. Tout est question de désir, élémentaire et primitif. Mon corps a perçu le sien à un degré presque bestial, et il éprouve le désir de s'accoupler.

Il le ressent, lui aussi. Ça se voit à l'obscurité qui voile ses yeux bleus, à ses paupières mi-closes et à la manière dont ses narines s'évasent, comme si elles essayaient de capter mon odeur. Ses doigts se crispent, il serre les poings et je sens qu'il essaie de se contrôler, de se retenir de me toucher.

Si nous étions seuls, il serait déjà sur moi.

Sans quitter cet inconnu des yeux, je recule. La force de ma réaction face à lui m'effraie et me déstabilise. Nous sommes en plein service des urgences, entourés par un flot de patients et de soignants, et pourtant mes pensées sont envahies d'images torrides et de draps humides. J'ignore qui est cet homme, s'il est marié ou célibataire. Pour ce que j'en sais, c'est peut-être un criminel ou un simple connard. *Un affreux queutard comme Tony.* Si quelqu'un m'a appris à y réfléchir à deux fois avant de faire confiance à un homme, c'est bien mon ex. Je ne veux pas me remettre en couple si tôt après mon dernier fiasco. Je n'ai pas besoin de ce genre de complications dans ma vie.

Mais à l'évidence, ce bel inconnu a d'autres idées en tête.

Constatant que je recule prudemment, il plisse les yeux, le regard plus vif, plus acéré. Enfin, il s'avance d'un pas étonnamment gracieux pour un homme aussi costaud. Ses mouvements fluides me font penser à une panthère, et pendant une seconde, j'ai l'impression d'être une souris traquée par un gros matou. Instinctivement, je fais un pas de plus en arrière et il pince les lèvres, visiblement mécontent.

Bon sang, je suis une vraie lâche.

Je cesse de reculer et je reste là, debout, du haut de mon mètre soixante-sept. Je suis toujours la professionnelle sereine et compétente qui gère habilement les situations stressantes, et pourtant je me comporte comme une écolière devant son coup de cœur du moment. Cet homme me met mal à l'aise, mais je n'ai aucune raison d'avoir peur. Quel est le pire qu'il puisse faire ? Me demander de sortir avec lui ?

Mes mains tremblent cependant lorsqu'il s'approche et s'arrête à moins d'un mètre de moi. De si près, il est encore plus grand que je le pensais, plus d'un mètre quatre-vingt-dix. Je ne suis pas petite, mais face à lui, je me sens minuscule, et ce n'est pas un sentiment que j'apprécie.

— Vous êtes très douée dans votre travail.

Sa voix est grave et un peu rauque, mâtinée d'un accent d'Europe de l'Est. Cette sonorité me noue les entrailles, et je dois admettre que c'est étrangement agréable.

— Merci, dis-je avec hésitation.

C'est vrai, je suis douée, mais je ne m'attendais pas à recevoir un compliment de cet inconnu.

— Vous avez bien soigné Igor. Je vous en remercie.

Igor doit être le prénom du patient blessé. C'est un nom à consonance étrangère. Russe, peut-être ? Cela expliquerait son accent. Même s'il parle couramment anglais, ce n'est pas sa langue maternelle.

— Il n'y a pas de quoi.

Je suis fière de mon intonation assurée. J'espère que cet homme ne se rend pas compte de l'effet qu'il produit sur moi.

— Je lui souhaite de se remettre sur pied rapidement. C'est un parent à vous ?

— Mon garde du corps.

Waouh, j'avais raison. Cet homme est un gros bonnet. Est-ce que ça veut dire...

— A-t-il reçu cette balle dans l'exercice de ses fonctions ? demandé-je en retenant mon souffle.

— Il a pris une balle qui m'était destinée, oui.

Il a parlé sur le ton de la conversation, mais je perçois une rage sous-jacente.

Je déglutis.

— Avez-vous déjà parlé à la police ?

— Oui, j'ai fait une rapide déposition. Je leur parlerai plus en détail quand Igor sera rétabli et aura repris conscience.

Je hoche la tête sans trop savoir quoi répondre. L'homme qui se tient devant moi a bien failli être assassiné aujourd'hui. Qui est-ce ? Un chef de la mafia ? Une personnalité politique ?

Je me suis demandé un instant si cela valait la peine d'approfondir cette étrange attirance entre nous, mais ce n'est plus le cas. Cet inconnu n'augure rien de bon et j'ai tout intérêt à garder mes distances.

— Eh bien, je souhaite à votre garde du corps un prompt rétablissement, dis-je sur un ton faussement guilleret. A priori, il devrait s'en sortir.

— Grâce à vous.

Je lui adresse un demi-sourire avant de faire un pas de côté, espérant pouvoir le contourner et rejoindre mon prochain patient.

Mais il change de position, me bloquant le passage.

— Je m'appelle Alex Volkov, reprend-il à mi-voix. Et vous ?

Mon pouls s'accélère. L'autorité et la virilité de sa question me rendent nerveuse. Espérant qu'il saisira le message, je lui réponds :

— Seulement une infirmière qui travaille ici.

Il ne comprend pas, ou du moins, il fait semblant de ne pas comprendre.

— Comment vous appelez-vous ?

Il insiste. Je prends une grande inspiration avant de dire :

— Katherine Morrell. Maintenant, si vous voulez bien m'excuser...

— Katherine, répète-t-il, son accent donnant aux syllabes familières de mon prénom un côté curieusement exotique.

Sa bouche pincée se radoucit un peu.

— Katerina. C'est un beau prénom.

— Merci. Je dois vraiment y aller.

Je suis de plus en plus impatiente de lui fausser

compagnie. Il est trop grand, d'une puissance excessivement masculine. J'ai besoin d'espace pour respirer. Sa proximité est oppressante, elle me rend nerveuse et fébrile. J'ai trop envie de quelque chose qui, je le sais, serait nocif pour moi.

— Vous avez du travail, je comprends, dit-il, vaguement amusé.

Il ne s'écarte pas pour autant. Au contraire, profitant que je sois encore sous le choc de sa présence, il lève sa grande main et passe les jointures de ses doigts sur ma joue.

Je me fige, le corps submergé par une vague de chaleur. Son contact est léger, mais je me sens marquée, ébranlée jusqu'aux os.

— J'aimerais vous revoir, Katerina, me dit-il à mi-voix en laissant retomber sa main. Quand aurez-vous fini votre service ce soir ?

Je le dévisage avec l'impression de perdre le contrôle de la situation.

— Je crois que ce n'est pas une bonne idée.

— Pourquoi ? rétorque-t-il en plissant les paupières. Vous êtes mariée ?

Je suis tentée de lui mentir, mais l'honnêteté l'emporte.

— Non, mais je ne cherche pas l'amour en ce moment.

— Qui vous parle d'amour ?

Je cligne des yeux, abasourdie. Je croyais que...

Une fois de plus, il lève la main, interrompant le fil

de mes pensées. Il prend entre ses doigts une mèche de mes cheveux et la fait glisser lentement.

— Il ne s'agit pas d'amour, Katerina, murmure-t-il, son accent étrangement envoûtant. Mais j'aimerais coucher avec vous. Et je pense que ça vous plairait.

———

Envie d'en lire plus ? Pour en savoir plus, veuillez visiter mon site web à www.annazaires.com/book-series/francais/.

À PROPOS DE L'AUTEUR

Anna Zaires est une auteure à succès international du *New York Times* et du *USA Today* de romances de science-fiction et de romances érotiques sombres contemporaines. Elle a découvert son amour des livres à l'âge de cinq ans, quand sa grand-mère lui a appris à lire. Depuis elle a toujours vécu en partie dans un monde de fantaisie dont les seules limites sont celles de son imagination. Elle habite actuellement en Floride et vit heureuse avec son mari Dima Zales, qui écrit des romans de science-fiction et des romans fantastiques, et avec qui elle travaille en étroite collaboration pour chacune de leurs œuvres.

Pour en savoir plus, veuillez visiter www.annazaires.com/book-series/francais/.